有人说

释戒嗔 —— 著

SPM
南方出版传媒
广东人民出版社
· 广州 ·

图书在版编目（CIP）数据

有人说 / 释戒嗔著 . — 广州：广东人民出版社，
2018.9

ISBN 978-7-218-12896-2

Ⅰ．①有… Ⅱ．①释… Ⅲ．①历史故事—作品集—中
国—当代 Ⅳ．① I247.8

中国版本图书馆 CIP 数据核字（2018）第 129765 号

You Ren Shuo

有　人　说

释戒嗔　著

出 版 人：肖风华

责任编辑：严耀峰　马妮璐
责任技编：周　杰　易志华
装帧设计：伍　霄

出版发行：广东人民出版社
地　　址：广州市大沙头四马路 10 号（邮政编码：510102）
电　　话：（020）83798714（总编室）
传　　真：（020）83780199
网　　址：http://www.gdpph.com
印　　刷：北京市燕鑫印刷有限公司
开　　本：880mm×1230mm　1/32
印　　张：7　字　数：106 千
版　　次：2018 年 9 月第 1 版　2018 年 9 月第 1 次印刷
定　　价：42.80 元

如发现印装质量问题，影响阅读，请与出版社（020－83795749）联系调换。
售书热线：（020）83795240

| 目 | 录 |

序 言

因为出版过几本书，所以朋友们见到我的时候，最常问的问题是："最近又在写些什么文章呢？"于是我告诉他们，我最近在写历史小故事，不过不是戏说野史，而是用《二十四史》做资料写作的一系列正史故事。

结果相当多的人听到后都很惊奇地表示："原来你也有看史书呀？"

说实话，大家这样的反应让我很伤心。一直以来，我都以为自己在大家的心目中，应该是一个爱读书、爱学习、很平和又有点小学识的形象，可是……

所以，我决定完成这本历史小故事，希望读者们看到这本以不同视角重现历史事件的作品的同时，也能了解到另外的一个我。

翻看史书，在那些已然定格了的画面中，总会有一些时刻，我们会被故事中的人与事触动，或喜悦，或悲伤，或无奈。我尝试着把这些曾经让我有许多感触的片段记录下来，于是有了这本《有人说》。

　　《有人说》是一本以第一人称视角去评说历史事件的故事集。我选择了一些历史事件中的人物，以他们的眼光去看待他们经历过的故事。

　　这些人物有些是故事中的主角，有些是故事中的配角，还有些则是故事中的反派。

　　比如以刘如意为视角去看待吕后和戚夫人关于太子废立之争的《刘如意说》，以秦舞阳为视角去看待荆轲刺秦王的《秦舞阳说》，以屠岸贾为视角去看待赵氏孤儿的《屠岸贾说》，还有以赵祯为视角去还原狸猫换太子这个离奇传说背后的真实历史的《赵祯说》。

　　之所以选择这种方式，是因为我觉得，所谓最客观和置身事外的视角，其实是最为惰性的视角，我们极有可能被固有的价值观引导，失去探求的力量。

　　而同样的事情如果我们站在不同的立场去看待的时候，便会发现，我们所见的结果，往往和用"正常"的思维与"标准"的价值观所看到的是不同的。

　　当一件事情，如果我们带着自己的"主观"和"偏见"去看待的时候，能带来的思考，往往比盲从别人的价值观所感受到的更多。

　　《有人说》不是一本遵从传统价值观的书籍，因为过往的历史太爱将每一个人、每一件事用黑色与白色、正义与邪恶来区分。可事实上，这种区分并无意义，因为人性其实并没有那么绝对的非黑即白，大多数的永远处于灰色地带。而那些以成功和失败去设定的历史，本身便带着太多的不公平。

　　所以，我觉得，对于那些已然远去的历史人物，如果我们只是用正邪来看待，太过狭隘；只是用是非来判定，不够宽容；只是用成败去总结，则很残忍。

　　因为历史往往无关对错，总是悲喜交加地前行着。

　　《有人说》的文字风格与我之前出版过的几本书有些不同，我甚至觉得看惯了白粥馆系列书籍的读者，未必会适应《有人说》里面的文章的风格。我其实没有刻意要改变自己的文字风格，只是不希望自己写不同类型的文章，写出的风格都一模一样。

　　我相信人生需要变化，也需要不变。如果有可能，我希望自己可以不一样地活着。

刘如意说

参考文献

《史记·项羽本纪》
《史记·高祖本纪》
《史记·吕太后本纪》

如意小的时候，很受父亲宠爱。父亲喜欢把如意抱在怀里，一起坐在营帐中，欣赏母亲的歌舞。

父亲对母亲说："如意这孩子真像我，以后呀，我要把我的事业统统交给如意。"

如意的父亲可不是某某乡镇的暴发户，而他的事业更不是多少多少亩良田以及多少多少头耕牛。他的事业很大，大到我们想象中的极限！

如意的父亲就是击败了西楚霸王项羽，建立了汉王朝的刘邦，而他的事业就是整个天下。

可惜，父亲虽有了让如意当接班人的念头，但真正想要实现却艰难得很。

如意并不是嫡长子，他的母亲戚夫人不是刘邦的正妻。刘邦早年未发迹还是泗水亭小小亭长的时候，便娶了一个叫吕雉的女人为妻。吕雉也为刘邦生有一个儿子，比如意大上三岁，叫作刘盈。

如意三岁那年，刘盈便被立为太子。如果父亲想要兑现自己的诺言，首先要做的事情就是要废黜刘盈这个太子。

在那个年代，想要废长立幼可不是凭借着君王的喜好就可以做到的。父亲不但要打破自古传下来的惯例，还要想办法对付那些思想守旧的老臣。

不过母亲对这件事倒是满有信心的。母亲偷偷地告诉如意，你这个哥哥，性格最是懦弱无用，你父亲最讨厌的就是他这一点。

母亲还告诉如意一个笑话，有一年，父亲进兵伐楚，结果不慎败落了，项羽自然不肯轻易放过父亲，一路追着父亲及其所率的败兵。

父亲逃到家乡，原想顺道接自己的父亲刘老太公一起逃亡。结果老太公没见到，却见到了刘盈。

母亲说到这段旧事的时候，便忍不住要乐了，她说："也不知道这个不识相的小子怎么惹毛了你父亲，你父亲一路上越看他越讨厌，几次三番地要把他推下车。"

母亲说到这里叹了一口气说："可惜夏侯婴这个老小子喜欢当滥好人，连续几次把已经被推下车的刘盈又救了回来。如果不是他多事，现如今我们哪用这么烦？"

不知道为什么，如意听到这段往事的时候，并没有他母亲那般雀跃。

那一夜，如意做了一个梦。

那是一个夕阳西下的黄昏，尘土飞腾的原野上有辆残破的马车狂奔着，如意看到一个小小的孩子惊恐地缩在马车的角落里，小孩子抬起头，那居然是自己的脸。

在车的另一头，如意看到另一张脸，那是父亲的脸。在这张脸上，如意看到过许多次微笑与温暖，可是这一次，这张脸狰狞得让如意感到恐惧。

如意醒了后出了一身冷汗，耳边仿佛还能听到父亲在梦中的咆哮声："滚下去！快滚下去！"

如意知道，这个声音曾经真实地发出过，只是不是对着他的爱子如意发出的，而是对着那个不肖子刘盈发出的。

如意每当想到这个光亮渐渐暗下去的黄昏的时候，心中总有些许的不忍。

如意不常见到刘盈，父亲对他们母子都不待见，父亲出征的时候，带在身边的总是如意和他母亲，至于吕雉和刘盈十之八九是留守的。

最近一次见到刘盈，是在父亲的军帐前。吕雉带着刘盈与刚从军帐里出来的母亲和如意，相遇了。

许是听到了易储的传言，吕雉冷冷地望着如意和他的母亲，有股寒意透了过来，一直冰到如意的心底。

倒是事件的另一个主角刘盈，像个木偶似的傻呆呆地跟在吕雉身后。

刘盈看到如意的时候，居然笑了一下，如意揣摩了一下，这笑容中竟似没有不怀好意和阴冷。

如意心想，也不知道这个人是像母亲评价的那样是呆子，还是像父亲评价的那样是窝囊废。总之，被这种人压在头上，确实是件让人不忿的事情。

如意知道，从那一天起，最惨烈的战争已经开始了。

身上流淌着同样的血液又如何？

刘盈和如意，只是棋盘上不同颜色的棋子，结果只有两个——黑的吃掉白的，又或是白的吃掉黑的。

在欲望斗争的棋盘上，亲情注定要被分隔在楚河汉界两旁。

母亲知道，刘盈并不是真正的对手，真正可以操控局势的人，是他的母亲吕雉。

吕雉是一个顽强的女人。因为刘邦，她吃了很多苦，先是被当作反贼的眷属关押在沛县的监狱中，然后又被项羽当作人质羁押了几年。

困苦的岁月是漫长的，在经历长达七年的囚犯和人质生活后，吕雉从一个富家小姐成长为一个对手，一个谋略与手段都属于上乘的对手。

吕雉人生最悲惨的七年，最后成为母亲一生的隐痛——那七年的牺牲，最后成为吕雉巩固后位的法宝。它让占尽父亲宠爱的母亲，一生都无法动摇吕雉的皇后地位。

因为父亲不会背负一个抛弃曾经为自己受难的糟糠之妻的名声。

母亲知道吕雉已经开始动手了，因为不停地有人告诉母亲，今天吕皇后又和某某大臣接触了。

可是母亲并不是那么担心，因为在整件事情中，最终掌握决定权的人是父亲，而父亲的心早就在如意这边了。

如意知道母亲还是做了努力的，她用了自己的撒手锏，那就是哭。

如意也哭过——失去时哭过，难过时哭过。单纯地痛哭，像个小孩子那样哭。

可是如意也知道，成人的眼泪所包含的意义远比他的复杂得多。他们用眼泪掩饰着欣喜，用笑容隐藏着心碎，用沉静遮挡着杀机。相对来说，母亲的眼泪要直接得多，她只是用哭泣来为如意争取权力。

之所以如意没有走上太子的位置，是因为刘盈请出了四位隐士高手来辅佐他，而此前父亲也遣人去请过他们，却被拒绝了。于是父亲动摇了，他觉得刘盈也许没有他想象的那么差劲，或许民心已经开始倾向刘盈了。

母亲当然知道这事的背后是谁在起作用，她在背地狠狠地抱怨："这个姓吕的阴险婆娘，不知道花了多少黑金才请动了这四个贪财的老头。"

母亲安慰如意说："就让他们暂时得意一下吧，白痴是没药医的，用不了多久，刘盈就会把他幼稚懦弱的一面淋漓尽致地暴露出来。到时候你父亲就会发现，天下还是应该交给我们聪明乖巧的如意的。"

其实如意并没有那么难过，因为如意并不明白"天下"是多么大的一个地方，又或者掌握天下是多么高的一种权力。

也许母亲并不是真的要安慰如意，她只是想安慰一下自己。

◇◇

让母亲梦想破灭的是英布之乱的流矢，那一箭带走了父亲的性命。

这一次，如意真正地讨厌刘盈了。如意知道，这次平定英布的叛乱本来应该是刘盈去的。可是那个缩头乌龟却赖着不肯走，父亲迫不得已地替他去收拾这个烂摊子。

如意怀疑父亲驾崩的消息传来的时候，刘盈即使会哭，可能也不会像自己那样放声痛哭。因为那一天刘盈跨越了所有的障碍，他想要的东西，终于都拿到了。

即位的这一天肯定不能算是刘盈权力登顶的纪念日，真正权倾天下的是他的母亲吕雉吕太后。

也许在这一天前，并没有多少人发觉吕雉的欲望，至少没有发现吕雉的欲望是如此之大。

吕雉恨如意的母亲，也恨如意。

如意承认吕雉的恨并不是毫无由来的。她为刘邦付出过很多，而回报却不多。她以富家小姐的身份下嫁了一个当时一事无成的混混，再接着是苦难的牢狱之灾和提心吊胆的人质生活。而到头来，刘邦宠爱的是母亲，甚至为了如意要剥夺本该属于她儿子的权力。

吕雉自然会报复，那些曾经、正在、即将威胁她幸福的人都应该自食其果，至少她自己是这样认为的。

其实在太子废立之争不了了之后，父亲已经明白，他在爱子如意的身旁遗落了一把剑，一把足以致命的剑。

父亲想过要在自己身后有人能保护终将失去依靠的如意，于是他把如意托付给对吕雉有恩的耿直大臣周昌，然后再让如意远离了京城。

然而天变了，父亲想象中坚硬的屏障，实际脆弱不堪——即便再有贤名，周昌能挡住的只是三次征召，却阻挡不了如意走向绝境的步伐。死亡无疑是曾经被他们逼退到绝地里的敌人的最好的安慰剂。

那座即将让如意殒命的宫殿，如意住过，母亲曾经一次又一次去想象如意拥有了这座殿堂后的情景。可是现在如意可以肯定，这座殿堂是属于那对母子的天堂，对于如意和母亲来说，这已经成了不折不扣的地狱。

如意知道，那年那道冰到他心底的目光，又要重现了。

在这座宫殿里，曾经有两个人真正爱过如意，一个是长眠于地下的父亲，另一个就是如今已经没有自由的母亲。

如意从来没有想到还有第三个人。

◇ ◇

如意再次看到刘盈的时候，他还是像当年那样笑着。如意仔细分辨着这笑容，在这样可以撕下伪装的日子里，如意依然没有在他的目光里发现不怀好意和阴冷。

也许在这一天前，"兄弟"这一个词，能描述的只是刘盈和如意之间的亲缘关系，而"手足"这一个词，用在他们身上更像一个玩笑。

如意看到了吕雉，她还是那样阴沉着脸，也注意到了她身后的刀光剑影。

如意发现吕雉的嘴角有一丝笑意，那是种得意的笑，但很快那丝微笑便消失了，因为吕雉看到刘盈牵了如意的手，紧紧地握着。

如意见过那些颠沛流离的逃荒者，在拥挤的人群中，哥哥紧紧牵着幼年弟弟的手，唯恐分离。

如意以为那样才是真正的兄弟。

如意没有想到这样的场景也会出现在刘盈与他的身上。

如意第一次在吕雉眼里，看到果敢和冷漠以外的东西。

如意甚至可以理解吕雉的不解和无奈。

吕雉也许想告诉刘盈，如意今天所处的绝境，可能本该是属于他们母子的。

吕雉也许想告诉刘盈，用体温唤醒在冰雪中沉睡的毒蛇的人，一定会被毒牙所伤。

吕雉也许想告诉刘盈，她所做的一切，是天下父母都会做的。只是父亲想到的是如意的未来，而吕雉想到的是刘盈的未来。

吕雉也并非无懈可击，刘盈无疑是这个主宰者心口唯一柔软的地方。而现在刘盈正用着唯一有效的办法去抵挡那些可能刺向如意的剑。

如意很想念父亲，他忘不了父亲抱着他一起看母亲歌舞的场景，他记得父亲的怀抱很温暖。

可这一天，如意发现原来哥哥的怀抱同样温暖，和父亲的一样。

如意知道，在这座充满欲望的宫殿里，有很多双眼睛藏在黑暗之中，一刻不停地盯着他。很多人期待着用他的死亡一步登天。

可他们还是失望了，每一分每一秒，他们都没有机会。

因为每一刻刘盈都陪伴在如意身边，吃饭也好，睡觉也好。

没有人敢越过刘盈的身体，把剑刺向如意。

如意曾经以为哥哥的仁弱会让他一无所成，可是如今如意知道，退缩与忍让，只是因为那些东西对他都不重要。

刘盈独自离开的那个早晨，如意睡得很沉，这些日子如意很累，身心俱疲。

内侍告诉如意，哥哥坐在如意的床前很久，最后还是不忍心叫醒他。

吕雉派人把毒酒送来的时候，如意正坐在窗口，静静地望着窗外的小径，那是哥哥归来的必经之路。

如意想，这大概就是自己的宿命吧，就像世间万物一样，注定要从荣到枯，无法逃脱，只是有些长有些短而已。

　　如意知道，哥哥可能不会成为万世景仰的帝王了，因为被人铭记的永远只有丰功伟绩，而不是功绩背后流淌的血。

　　如意知道，可能有人会被哥哥感动的，虽然他只是缩在史书的一角，用只言片语书写一生。

　　如意还知道，哥哥一定会哭，就像父亲驾崩的消息传来的时候，如意那样放声痛哭。

　　因为我们都失去了我们最珍贵的。

说《刘如意说》

　　两千多年前，吕后和戚夫人之间的那场太子废立之争，最终以戚夫人和她儿子刘如意的死亡而告终。

　　历史仿佛是一场永不停息的战争，时间伴随着刀光剑影流逝。但我们永远可以在这些充斥着鲜血和眼泪的故事中，看到几处微小的闪光点，就像汉惠帝刘盈一样。

　　在历史上，刘盈是一个很不起眼的帝王，在《史记》中他甚至没有属于他的本纪，刘盈只是他父母刘邦和吕雉故事中一个无关紧要的配角。对于历史而言，刘盈出现的意义，仿佛只是让他的母亲吕雉多了一些争权夺利的筹码。

　　有这样强势的父母，刘盈最终只能成为一个没有太大作为的帝王。没有人记得刘盈的功绩，因为他确实没有。

　　但就在《史记》里，关于刘盈为数不多的笔墨中，却描述有正史中很不多见却极其温暖的片段。

　　当威胁刘盈执掌皇权的最大敌人——如意身陷危境的时候，我们才发现，原来在刘盈的心中，他从来不是如意的对手，而是如意的哥哥。

　　刘盈勇敢地承担了一个哥哥的职责。

　　刘盈的努力最终以失败告终，如意死于吕后的毒酒，但我相信，刘盈牵着弟弟手的时候，被感动的绝对不仅仅是我一个人。

秦舞阳说

参考文献

《史记·刺客列传》

秦舞阳十三岁那年干了一件震动燕国的大事——他杀了一个人，一个比他大许多的成年人。

舞阳擒杀的对象，是一个命案在身的囚徒——杀了狱卒逃窜的亡命徒。

坊间有许多传闻，大抵是夸奖名将秦开的孙子舞阳是如何如何的英勇，又是如何如何惊险地擒杀了亡命徒。

那件事，舞阳如今想起来还是一身冷汗。

舞阳记得那个人从街道那头窜出来的时候，他正准备爬到墙头去捡那只断线的风筝。

舞阳本不想来的，但哥哥说："你长得这般高大，你不捡谁捡？"

那个人就这样直直地倒在了他的面前。

舞阳替那人拔刀的时候，他大叫了一声，昏死过去。

舞阳手忙脚乱地想替他包扎一下，但并没有真正起到止血的效果，只除了弄得自己身上沾的血越来越多。

等官差来到的时候，舞阳站在囚徒的尸体前，浑身都是血迹，手中还拿着一把刀——滴着血的刀。

这时人群中有人惊呼道："这个孩子杀了逃犯。"

有人向舞阳打探过事情的过程。舞阳木然地看着他，脑子一片空白。舞阳毕竟只是一个孩子，怎么可能不害怕、不紧张呢？

于是坊间又有一种传闻，名将秦开的孙子秦舞阳杀了人后还很镇静。

很多年以后，有人问舞阳，你最讨厌什么人？

舞阳说，我最讨厌搞不清楚状况就乱说话的人。

◇◇

坊间发生的大事并不多，舞阳的传说就这样被传颂了一遍又一遍，加强了一次又一次。

后来舞阳在街上走路的时候，已经没有人敢直视他了。

舞阳不知道为什么没有人质疑过那个传说，可能是舞阳的长相确实很符合那个传说吧。

舞阳很想替自己喊冤，我是名将秦开的孙子，长得粗壮一点、威武一点又有什么不可以吗？

◇◇

太子丹的登门拜访让舞阳和他的爷爷很兴奋。

舞阳曾经很看好太子丹。

秦王嬴政登基的那一天，秦开兴奋地告诉舞阳，燕国的和平年代就要来临了，你知道吗？太子丹以前在赵国做人质的时候，便和嬴政认识了，两人关系很不错。

嬴政不是赵国的人质，他是人质的儿子。

舞阳相信这样的友情，因为那份友情是属于两个无依无靠、孤独的人的。这样的友谊，无疑比用利益做纽带的感情要牢固得多。

舞阳没有想到，如此纯净的东西也会变质的！

太子丹恶狠狠地对舞阳说，我要杀掉嬴政，为了这个国家。

舞阳后来知道太子丹是从秦国逃回来的。

舞阳想，嬴政俯视太子丹的时候，太子丹一定很难受吧。

舞阳以为，如果站在不平等的地位上，就得不到平等的友谊。这样的友谊失去又有什么可惜的呢？

舞阳没有弄清太子丹要杀嬴政到底是为了国家还是为了他被羞辱过的心灵。

舞阳后来想通了，国家不也是他家的吗？为国家和为自己有什么区别？

◇ ◇

舞阳有个合作者叫荆轲。

荆轲也是一个有传说的人，舞阳更愿意相信荆轲的传说，比自己的要准确得多。

荆轲有两个很奇怪的朋友，一个杀狗为生的屠夫，还有一个喜欢边击筑边唱歌的高渐离。

狗屠夫说话很粗鲁，而且口无遮拦，但舞阳喜欢他的说话方式，也许是因为舞阳骨子里也不是斯文人，只是在光鲜的衣着和身份下不得不说些言不由衷的话。

狗屠夫告诉舞阳，荆轲也有怀才不遇，也有潦倒的时候。

荆轲曾经在卫国的国君前面舞过一次剑，可是卫国的国君连看都懒得看。

荆轲还和赵国鲁句践下过棋，可是因为耍赖被当场抓住，最后不欢而散。

舞阳想，也许英雄都是这样孤独的，还好他不是有剑神盖聂这样的朋友吗？人生有了盖聂这样的朋友还不知足吗？

可是狗屠夫说，盖聂和荆轲只见过一面，论过一次剑，盖聂根本看不上荆轲的剑术。

舞阳终于明白，传说毕竟是传说，不管是自己的传说，还是别人的传说，都只是传说。

◇◇

相对于狗屠夫，高渐离的名气要大很多。高渐离唱歌的时候，常常被一大堆人围观着，每曲唱罢，热烈得近似疯狂的掌声经久不息。

高渐离的嗓音很沙哑，声音低沉得像骤雨前的闷雷。

舞阳并不觉得高渐离的歌声有多么好听、动人，他甚至认为随便砸碎一个碗发出的声音都比高渐离的歌声好听。

可舞阳的叫好声，总是观众里最大声的。因为舞阳不想让人觉得自己并不是一个高雅的音律爱好者。

舞阳承认高渐离是一个很好的朋友，他对待狗屠夫、荆轲与达官贵人的态度是一样的。

舞阳认为，如果高渐离不经常特意为自己献唱一首，自己会更喜欢他一点。

◇◇

合作者是舞阳自己认为的，荆轲从不这样认为，他认为舞阳只是他的助手。

舞阳很想提醒荆轲，他用这样无理的态度对待一个来自名门望族且知名的合作者是不对的。

但太子丹对荆轲的态度让舞阳气馁了。

太子丹每天都会来拜访荆轲，荆轲想要的东西都可以轻易得到，舞阳见到酒席、车马与美女源源不断地送进荆轲的馆舍。

太子丹知道舞阳的不满。有一次舞阳和太子丹在路上遇见，太子丹说："我们是自己人，所以不必像外人那么生分。"

舞阳疑心太子丹的说辞只是在敷衍自己，但他不得不承认太子丹敷衍得很有水平，因为他的心底甜丝丝的。

舞阳承认太子丹看人是准确的，荆轲是有热血的人。舞阳有次听到荆轲对高渐离说："太子丹是一个知己，如果需要，我愿意为了他付出性命。"

舞阳听到高渐离长长地叹息了一声，声音还是像闷雷一样。舞阳觉得这个人的声音已经没有救了。

舞阳觉得，太子丹与荆轲永远都不可能成为智伯与豫让，更不可能成为伯牙与子期那种知己。

这件事情，从头到尾更像一次交易。

有钱人不会把金钱看得宝贵，而穷人能不可惜的只有自己的命了。

太子丹是个富人，而荆轲是个穷人。

这件事情，就是这么简单。

不过舞阳承认这次交易很公平，因为交易的双方都在用自己不在乎的东西换取自己在乎的。

◇◇

当秦军压境的时候，舞阳知道自己的使命就要到了。

舞阳听说，荆轲要去拜访樊於期。

樊於期同样是个有传说的人——舞阳本就出生在带有一些传说的时代里，这样的时代有传说的人自然很多。

传说樊於期在秦国做将军的时候很威风，传说秦王悬赏了一千金（古时以铜为金）、一万邑要他的人头，传说秦王杀光了他的家人。

舞阳一直不相信樊於期是个做过将军的人，但是他相信樊於期是个有过去的人。

舞阳有时候在街边的酒肆饮酒的时候，常常见到樊於期勾着腰从街头走过。

舞阳直视过樊於期的眼睛，他原以为可以透过这双眼睛看到樊於期叱咤风云的过去或者那股仇恨的怒火。可是舞阳什么都没有看到，樊於期的眼睛里有种舞阳看不懂的东西。

舞阳问过爷爷秦开，秦开说，看不懂是因为长长的思念、无尽的悲苦以及深深的悔恨都混杂在一起了。

秦开还说，等你像爷爷这样到了八九十岁的时候，就会发现每个人的眼睛都满含着他的故事。

舞阳原以为荆轲去找樊於期是为了刺探秦国的军情，但荆轲带回来了樊於期的人头。

荆轲说，樊将军知道我们要去刺杀秦王，便把他的人头送给我们当作敬献给秦王的礼物，这样我们的刺杀行动便有更多成功的机会。

太子丹为樊於期痛哭的时候，舞阳的心里一样是酸酸的。

太子丹对史官说，你们要把樊於期的故事记录下来，有一天要让全天下的人都知道樊将军的节义。

舞阳不太确定樊於期的死是否真像荆轲所说的那样。因为一切的一切都是荆轲转述的，没有人知道那次会面到底发生了什么。

但是舞阳愿意相信这个让人热血沸腾的故事结局，因为这个结局也许也是樊於期想要的。

舞阳知道，那道混杂了思念、悲苦和悔恨的眼神，永远藏身于那双不会睁开的眼睛里了。

◇◇

易水的水很清，也很冷。

舞阳不是怕冷的人，但是那一天舞阳的心情不是很好。因为在前一天，舞阳和荆轲吵了一架。

舞阳虽然一直不喜欢荆轲，但是从来没有这样正面冲突过。

舞阳一直告诫自己，自己是一个有身份的人。身为名将秦开的孙子，即使和一个来自乡野的莽夫合作了，一样要重视自己的身份，和荆轲这种人吵架除了自贬身份，什么也得不到。

挑起那场争吵的是荆轲。在秦军蠢蠢欲动，燕国乱成一团的时候，荆轲还在馆舍里过着吃了睡、睡了吃的生活，完全没有行动的迹象。

舞阳知道不能责怪荆轲不爱国，因为荆轲并不是燕国人。

太子丹来催促荆轲的时候，舞阳也在场。

太子丹说，时间已经紧迫了，荆卿还在等什么？要不我让舞阳先去吧。

　　舞阳心里说，然也，太子早该想到荆轲不是一个可以托付的人了，这样的大事还是自己人去稳妥点。

　　荆轲的反应比舞阳想象的激烈。荆轲说："这么重要的事情，我们怎么能草率呢？我还在等一个很重要的朋友，我想他应该已经收到了我的飞鸽传书，正在赶来的路途中了。"

　　那场争吵舞阳本来应该是局外人，舞阳一直认为看别人吵架也是一件蛮有意思的事情，如果不是荆轲用手指一下指到舞阳的鼻子前，舞阳是绝对不会加入战团的。

　　荆轲说，现在冒失地前去，简直就是去送死，特别是派秦舞阳这种没什么用的人去。

　　舞阳记得自己"呼"的一下就跳了起来。

　　荆轲和舞阳之间没有发展到动武，因为太子丹的几个随从死死地抱住了舞阳。

　　在跳起来之前，舞阳其实并不确定自己和荆轲一对一单挑能不能打赢，但是舞阳确定太子丹的随从一定会拉着他。

　　舞阳还不确定，那天在荆轲的馆舍外射下来烧烤掉的鸽子与荆轲用来传书的那只有没有关联。

◇ ◇

舞阳承认，高渐离的歌声虽然很一般，但是他击筑的技艺是天下无双的。

易水边和着筑声歌唱的是荆轲，舞阳觉得，荆轲的歌声比他的人品要好很多。

舞阳记得，荆轲唱的歌词是："风萧萧兮易水寒，壮士一去兮不复还！"

在易水边送别他们的人都哭了，这样的场合如果不哭，怎么能看出我们是一群重感情、有风骨的燕赵之士呢？

舞阳很不满意荆轲唱的歌词内容，他觉得这歌词不吉利，简直就是乌鸦嘴。

既然是如此艰巨的任务，为什么不能唱点成功刺杀然后全身而退的内容呢？

舞阳也哭了，但是眼泪的含义和他们的未必相同。

舞阳心里有一种说不出的悲凉。

舞阳觉得荆轲的歌词可能会成真。

曾经有很多人猜测舞阳的血一定是冷的，心是硬的。

但是舞阳知道他们全错了。

◇◇

秦王的官殿比舞阳想象中的要大很多，舞阳曾经想过秦王的官殿应该要比燕王的大一点，却没有想到居然大这么多。

爷爷说过，空旷的地方给人的压迫感往往比狭小的地方所带给人的更大。

舞阳以前不相信这句话，可现在他相信了。

舞阳感到有点紧张，但是舞阳认为这是正常的，毕竟他不是荆轲这种吃一个饱全家的亡命徒。

舞阳有爷爷，有父亲，有母亲，有哥哥……还有很多爱他的人。

在这样的时刻，每个爱舞阳的人，都能让舞阳有颤抖的感觉。

所以舞阳抖得很厉害，他甚至能听见手中的地图被自己晃动得沙沙直响的声音了。

那张地图是督亢的地图，督亢是燕国最繁华的地方。荆轲用来诱惑秦王的便是这块肥美的土地，还有樊於期的首级。

舞阳知道，这种响声不完全是由地图被晃动而发出来的，更大的原因是来自于地图里面藏着的那把匕首，那把花费了一百金（古人以铜为金）从赵人徐夫人手中买下的匕首。严格来说地图里藏着的匕首已经不是当初那把散发着寒光的匕首了，如今它已被淬有一种毒药，一种中者立毙的毒药。

舞阳看到很多秦国大臣都看着他。

舞阳听到荆轲说，舞阳是北方蛮夷的野人，从来没有见过王，所以他非常害怕。希望大王宽恕他一些吧。

舞阳知道荆轲找的不是什么好理由，但他必须承认这是两人之间配合最好的一次。

◇◇

舞阳看着荆轲从自己手上取走了地图，然后带着温和谦卑的笑，一步步走向秦王。

舞阳承认荆轲的演技要比自己好，同样的情况下，舞阳可能就笑不出来了。

　　荆轲摊开地图的刹那，舞阳觉得这是他人生中最漫长的瞬间了，一切的一切就像慢动作一样，卷轴也随之慢慢地展过。

　　舞阳看到荆轲拔出匕首刺向秦王。

　　舞阳看到秦王惊恐地绕着大殿的柱子逃窜。

　　舞阳看到有个医官用药囊砸向荆轲，在此之前，舞阳还从来没有想过药囊也可以用这种方式救人。

　　舞阳还看到秦王拔出剑还击，他的剑术居然还不赖。

　　舞阳最后看到荆轲倒在血泊中，围着大群的侍卫。

　　◇◇

　　舞阳不记得刺在自己身上的这刀是什么时候飞过来的，但是可以肯定的是，这把刀的主人原意并不是要刺舞阳的，只是失手从荆轲的身边擦过，飞到了舞阳身上。

　　舞阳忽然有种感觉——自己可能只是配角。也许并不是这一刻才是，可能从见到荆轲的第一眼开始便是个配角了。要不，为什么侍卫全部围着荆轲，而不是他舞阳呢？

　　舞阳觉得人类的历史，其实很简单，不过是你杀我，我杀你，他杀他，成功者的微笑，失败者的鲜血以及小市民们永恒不变的泪水与叹息。

舞阳觉得这一天一定会被历史铭记，虽然自己可能只是那张华丽画卷上一只可有可无的苍蝇。

舞阳忽然想起了高渐离的歌。

虽然舞阳坚持认为高渐离的歌还是不如摔碎碗的声音动人，可是舞阳忽然明白了那些曾经让他似懂非懂的歌词。

也许这正是一首小人物的悲歌。

说《秦舞阳说》

荆轲的时代，距离如今已经太遥远了。我觉得这个气节重于生命的时代可能不会再回来了，甚至在我的印象中，那个时代或许从来没有完美地存在过。

在《史记》赞颂的英雄人物中，荆轲是一个必须放在神坛上的人物。只是我一直觉得荆轲的故事很可疑，因为细细分析《史记》中的记载，我甚至看不出荆轲刺秦王故事背后有多少打动人的东西，太子丹和荆轲之间并没有所谓的知遇之恩，从一开始太子丹便抱着很强的目的性和荆轲交往，他对荆轲的百般顺从是充满着功利的。

太子丹并不需要荆轲这样的知己，他只需要一个愿意为他付出生命的人。荆轲是一个守护着太子丹的财富和权势的人。如果没有秦国压境的背景，荆轲对于太子丹来说，只是一个路人，一个连正脸都懒得瞧的路人。

在我的想象中，荆轲可能是一个不得志又急于证明自己价值的亡命徒，最终他成功了。

他像一个在众目睽睽之下被点燃的孔明灯，用变成灰烬的代价，让每个人都记住了属于他的时刻。

秦舞阳是一个真正意义上的配角，他和太子丹、荆轲完全不同，他只是历史画卷上一只可有可无的苍蝇。和大多数龙套角色一样，历史的进程不会因为他的存在与消失而改变。

在《史记》中，秦舞阳一共只出场了三次。除去一次在《史记·匈奴传》一带而过地说了秦舞阳的爷爷秦开，真正有记载的只有两次。

一次是《史记》作者司马迁向读者介绍荆轲刺秦王的助手——一个十余岁便杀过人，路人见之不敢正视的凶徒秦舞阳。还有一次便是荆轲觐见秦王的时候，秦舞阳吓得发抖，而荆轲镇定自若。

秦舞阳被记录的真正意义，只是让他成为一个可悲的陪衬品，他出场的意义其实只是用来衬托荆轲的胆识过人。

我想在秦舞阳为主角的世界里，一定有一个不同的荆轲刺秦王的故事。

朱祁镇说

参考文献

《明史》卷十《本纪第十·英宗前纪》
《明史》卷一一《本纪第十一·景帝》
《明史》卷一二《本纪第十二·英宗后纪》
《明史》卷一一三《列传第一》
《明史》卷一六七《列传第五十五》
《明史》卷一七三《列传第六十一》
《明史纪事本末》卷三五《南宫复辟》
《宋史纪事本末》

锦鸾入宫的那一天，祁镇没有太多欣喜。因为祁镇知道，后宫的爱情无非是如此，娶一个皇后，再是后宫三千，再之后日子便在争宠与钩心斗角之中慢慢消磨了。

后宫的爱情本是种定式，没有例外，没有惊喜，也不值得期待。

玉环和飞燕的爱情故事曾经传颂过，看似美好，可稍有波折便像一场闹剧了。

对于这种人生，祁镇没有想过要挣脱，要改变。

因为祁镇知道自己不过是大明朝中的一个皇帝，而锦鸾不过是其中的一个皇后。

从一开头他便知道，不过如此了。

◇◇

祁镇曾经问过一个学识渊博的大臣，爱的极致是怎样的？

那位大臣说，爱的极致便是生死相随。

祁镇记得当时自己笑了，笑得那位大臣不知所措。

只有祁镇自己知道发笑的原因，因为生死与共的爱情祁镇很小的时候便见过。

祁镇八岁那一年，父皇明宣宗朱瞻基驾崩。

那一天，祁镇听到许多妃嫔和官人的哭声。有人告诉祁镇，这些妃嫔和官人都要一同为先帝殉葬。这是大明朝的祖制——帝王归天，所有没有子嗣的妃嫔和官人都需要殉葬。

那些惨烈的哭声让祁镇久久难忘，大家都说，那是妃嫔们和官人为先帝驾崩而流下的眼泪。叫祁镇知道，他们在为自己哭泣。

祁镇边笑边想：一场不情不愿的生死相随，就是爱的极致吗？

祁镇知道自己的笑声其实没有喜悦，这笑声中有嘲讽，有悲悯，只是没有赞叹。

◇◇

祁镇对自己也有期许，他想过要做一番宏伟的事业。

祁镇崇拜先祖朱元璋，想像他那样建功立业。

祁镇还崇拜曾祖父朱棣，希望有朝一日也可以像他那样夷平四海。

可祁镇手中的大明江山，并不像先辈们所处的年代那样动荡不安，强盛的大明已经威慑天下了。

◇◇

祁镇以为自己的一生就这样枯燥地守着祖宗家业无聊度日了，但机会忽然来了。

在一次可笑的外交冲突后，蒙古的旧部瓦剌与大明撕破了脸皮，瓦剌的军队向大明的边界进犯了。

祁镇决定亲征瓦剌的时候，很多人反对，有保守的臣子，还有谨慎的后宫，其中也包括锦鸾。

危险是锦鸾反对的理由，祁镇觉得这个理由很好笑。

祁镇想，女人与战争也许是天生不相容的。锦鸾并不知道，如今的瓦剌已经不是当初的那个蒙古繁荣时期的瓦剌了。那个不可一世的蒙古早已四分五裂、不堪一击了。

祁镇知道自己并不是一时的冲动。这次的出征并非硝烟弥漫，它更像一个游戏之作。

对局的双方是怎样呢？

祁镇率领的军队是京城中最精锐的五十万人，而瓦剌人不过是区区二万而已。

◇　◇

出征的那一天，为祁镇送别的队伍排了很长。祁镇骑在白马上，在震天的欢呼中，百般威风。

祁镇相信，在这群人中，不会有多少真诚。因为祁镇从每个人的笑脸中看到了太多敬畏、谄媚和利欲。

站在高位的人，能看到的永远只有无尽的伪装，这也许就是祁镇的悲哀吧。

祁镇心里只希望，瓦剌人可以顽强一点，不要用一场望风而逃的战役让今天的欢呼变得没有意义。

锦鸾穿着华贵的衣服站在送别的人群中，美丽高贵。

祁镇那时候还没有意识到，这场分别会那么久。

◇◇

祁镇曾经看过一本史书，上面记载着靖康年间的那场宋金大战。

那个故事结局有两个——一个完美的，一个悲惨的。

完美的那个属于金太宗完颜晟，十几年前还在冰天雪地里打猎的女真人，就这样在短短数年间灭亡了辽国和北宋。

而悲惨的那个则属于宋徽宗赵佶和宋钦宗赵桓，曾经的帝王，从这里开始了漫长的囚徒生涯，最终只能客死异乡。

祁镇看这个故事的时候，怎么也没想到宋帝的命运也会落到自己的头上。

◇ ◇

当土木堡充满了瓦剌人的嘶吼声时，祁镇回过了神。

祁镇忽然明白锦鸾说的可能是对的，亲征是个错误的决定，可惜已经太迟了。

在无数个错误的决策之后，祁镇知道自己一定会成为历史里的一个笑话。

一个五十万大军被两万瓦剌军杀得全军覆没的笑话。

一个最强盛国家帝王被生擒的笑话。

◇ ◇

祁镇并没有死。让祁镇活下来的理由，并不是因为瓦剌人的慈悲，而是因为瓦剌人觉得祁镇是一个不错的商品，一个可以用来索取大量财物的商品。

瓦剌人的如意算盘没有落空，只使了个小小的威胁，大明皇宫便送来了令瓦剌人瞠目的财物。

祁镇的心里并不是滋味，那时候他还不知道，这些财物并非来自国库，而是来自锦鸾搜罗了后宫所攒到的全部钱财。

瓦剌军当然不会放过祁镇，因为祁镇就是他们手中的一张王牌——一张可以随意索取的王牌，一张可以征服整个大明的王牌。

祁镇觉得自己应该去死，因为他的轻率让国家陷入了危险的边缘，自己带走了最精锐的军队，而把一座近乎空城的京城留给了士气高涨的瓦剌人。举国百姓即将面临生灵涂炭，仅仅是因为自己的幼稚。

◇ ◇

祁镇知道弟弟祁钰接替自己皇位的时候，有种被抛弃的感觉。虽然祁镇心中也明白，这个决定可以拯救被自己置入绝地的国土，是个不得已且也必须做的决定。

祁镇的身份渐渐发生了变化，那张曾经不可撼动的王牌也随之失去了光环。祁镇不再有往日的影响力，即使瓦剌人把祁镇推到双军交战的阵前，大明的军队也没有为这个曾经的帝王退让。

祁镇的日子越来越不好过了，因为瓦剌人开始吃败仗，就像当年祁镇莫名其妙地打败仗一样，瓦剌人一次又一次输给了只剩下老弱病残的明军。

瓦剌人决定撤退了，而祁镇依然被关押在军营中。

◇ ◇

每当月圆的时候，祁镇就会想起那座曾经属于自己的皇宫，那里有母后，有妻子锦鸾，有弟弟祁钰。而现在祁镇的身边，什么都没有。

祁镇会想起小时候的弟弟祁钰，那时候祁钰随他的母亲贤妃住在宫外，两人并不常见。

官里的人并不十分看重祁钰，因为祁钰的母亲曾经身份低微，甚至是戴罪之身。有着这样身份的母亲的祁钰，做一辈子清闲的王爷，应该已经是他人生的顶点了。

可每次两人相见的时候，都有一种说不出的亲切感。祁镇知道，那是因为他们彼此是这个世界上唯一的兄弟。

祁镇想起，那时候的弟弟很喜欢跟在他的身后，欢笑着在御花园里跑闹。

虽然那些笑声已经距离如今很久了，但它却成了支持祁镇活下去的力量。

祁镇相信，有一天弟弟一定会想方设法让自己回去。

可瓦剌人说，祁钰派过使者来，只是从来没有提到过要接回祁镇。

祁镇不相信瓦剌人的话，祁镇知道瓦剌人还在打着他们的算盘。

因为他是朱祁镇，大明朝身份最尴尬的太上皇。

◇ ◇

祁镇最终没有将对弟弟的信任坚持到最后，因为伯颜帖木儿。

祁镇记得第一次见到伯颜帖木儿的情形，那时他正坐在也先的身边。

作为瓦剌军真正的领导者也先的弟弟，这样的位置当然是属于伯颜帖木儿的。

祁镇知道自己能活下来有伯颜帖木儿的功劳，虽然当时的他并不怀好意。而后来祁镇便是由伯颜帖木儿看管。

在很多年以后，锦鸾有些好奇地问祁镇："伯颜帖木儿是怎么成为你的知己的？"

祁镇说："因为我使了诈，我让这个单纯的蒙古人相信了我的善意。其实我骗他的时候，没有那么多目的，我只是想顺顺当当地活着，只是想活得有点尊严。"

◇◇

可当伯颜帖木儿把祁镇当作无话不谈的朋友的时候，祁镇着实被吓到了。

祁镇原本只是希望用自己的虚伪，让自己和蒙古人之间的关系和谐一点。可是当发现自己虚假的投入换回的是一份真正的友谊的时候，祁镇欣喜之余居然有点愧疚。

◇◇

伯颜帖木儿的笑声很大，那是一种和汉人不同的笑声，爽朗而真挚。

祁镇觉得这样的友谊很奇异，一种看守和俘虏之间莫名其妙的友情。

伯颜帖木儿喜欢和祁镇说话，祁镇的博学和气度都是他从来没有接触过的。

祁镇知道自己谈不上博学，只是因为在马背上长大的伯颜帖木儿只知道自己身边的事情。

祁镇唯一可以肯定的是伯颜帖木儿很真诚，因为没有人会对一个已没有价值的囚徒戴着面具。

祁镇见过伯颜帖木儿发怒，为了那些轻慢祁镇的瓦剌人。

祁镇见过伯颜帖木儿焦急，也是为了祁镇，因为祁镇的弟弟——大明的新帝王迟迟不肯接走祁镇。

◇ ◇

祁镇想起数百年前的那件往事。

祁镇仿佛看到了那个在漫天风雪中奔跑的宋钦宗赵桓，赵桓用身体拦在即将南归的韦贤妃身前。

那时赵桓说："请您告诉我弟弟赵构，请接我回去吧。"

祁镇不知道韦贤妃会不会把赵桓的话带给她的儿子赵构，但故事的结局是赵桓一直到死都在苦苦等待着南归的消息。

祁镇那时候在想，权力的欲望真的会那么大吗？祁镇相信南宋的开国皇帝宋高宗赵构一生都沉醉在帝王无上的权力中。他宁愿杀了岳飞，宁愿用最屈辱的条件向金人求和，也不愿意接哥哥赵桓回来和他争夺皇位。即便赵桓说，如果赵构愿意接他回去，他会出家当道士，绝不奢望皇位。但赵构仍然任由哥哥和父亲在苦寒之地自生自灭。

祁镇看到这个故事的时候，心里挺不好受的。

祁镇一直认为赵桓那期盼的眼神是历史中最让人心碎的一幕。

可这一天，祁镇忽然意识到自己可能也会和赵桓一样，用余生眺望南归的雁。

祁镇忽然明白，原来权力的欲望可能真的会那么大。

◇◇

很多年后，祁镇住在南宫，那时候的他常常无所事事，有时候会想起多年前在瓦剌军营里的日子。

祁镇想，如果不是大明的使者杨善一次自作主张的言论，也许自己还会继续被关在瓦剌人的营地里。

祁镇想，最好的谎言肯定不是吹得天花乱坠，最好的谎言应该像杨善一样吹嘘得很过火，却又让人信以为真。

祁镇想，杨善和瓦剌人交涉的场景一定很精彩，要不他怎么能在没有圣旨的情况下，游说瓦剌人把自己给放了回去呢？

祁镇有些悲伤地疑惑着，自己的这场回归并不在计划中，到底会带来什么样的结果呢？

也许自己又一次地打乱了许多人的人生路，锦鸾的、祁钰的，还有自己的。

◇◇

祁镇南归的时候，伯颜帖木儿送他走了很远很远。

祁镇知道自己会用一生记住伯颜帖木儿的友情。

祁镇甚至听说，也先在决定放祁镇南归的时候，伯颜帖木儿提出了反对意见。因为伯颜帖木儿说，如果明朝的人让祁镇回去还是做太上皇，我们不能同意。他们必须保证让祁镇回去继续做皇帝才可以同意。

祁镇后来听说这件事后，觉得伯颜帖木儿很幼稚，因为他幼稚地想决定不属于自己能力范围的事情。但是祁镇心里酸酸的，有种说不出的感动。

在分离的那刻，祁镇第一次看到伯颜帖木儿掉眼泪。祁镇曾经以为这个在沙场上勇猛无敌的将军与眼泪是无缘的。

伯颜帖木儿对祁镇说："此处一别，我们一生都不会再见了。"

祁镇看着伯颜帖木儿策马狂奔的背影，泪水也在眼中打转。

感情这种事物很奇怪，它可以突破不可思议的界限，在石缝或云雾间生根。

◇ ◇

祁镇觉得，对于他的人生来说，今天的眼泪或许是一条人生的分界线。

在这场哭泣之后，祁镇将会和自己的这段人生彻底分隔。

祁镇希望自己的这段人生像记录着惊心动魄的故事的书页，在读过一次后，永远不会再翻回去品味。

只是在多年以后，祁镇听到伯颜帖木儿被叛乱的士兵杀害的消息后，他一个人躲在屋子里痛哭。祁镇才发现，原来人生就像不停流动的水一样，只会融合，无法分割。

祁镇还知道自己对朋友的亏欠永远都无法偿还了。

◇ ◇

祁镇在东安门前见到祁钰痛哭的时候，心里有些感伤，但更多的是愧疚。

祁镇知道是漫长的等待让自己对弟弟的感情开始动摇了。

祁镇忽然发现自己在瓦剌的军营里所知道的一切都是谎言。

祁镇想，我怎么会相信敌人的话，而不相信自己的弟弟呢?

◇ ◇

祁镇后来再想起东安门前见到祁钰痛哭的场景的时候，心里依然

有些感伤，但已经没有了愧疚。

祁镇相信祁钰做皇帝的本事一定比自己大，至少自己根本没有能

力用老弱残兵战胜瓦剌人。

祁镇还相信祁钰的演技比他做皇帝的本事更好。

祁镇想，我怎么这么傻，我居然完全没有分辨出来，祁钰那天的

眼泪不是为我而流的，他只是想哭给天下人看，让天下人都相信他朱

祁钰是一个对兄弟有情有义的好皇帝。

◇ ◇

祁镇有了新住处，叫作南宫。

祁镇很早以前便知道这座南宫，那是先皇给不受宠的妃子提供的

住处，现在它属于了祁镇。

见到锦鸾的时候，祁镇险些没有认出来。祁镇曾经想过锦鸾年老时候的样貌，可能白发苍苍，但应该仍然是美丽高贵的。可是如今的锦鸾走路一瘸一拐的，而且还瞎了一只眼。

祁镇后来知道，锦鸾身上发生的一切都和自己有关。

祁镇甚至怀疑，自己的回归可能真的和锦鸾有关，可能是锦鸾的眼泪感动了上苍，也可能是她的长跪撼动了天地。

◇ ◇

曾经有无数的事物告诉祁镇，祁钰变了，但即使在人生最落寞的时分，藏在祁镇心底的那份希望从来没有丧失过。

可最终祁钰用一座南宫粉碎了祁镇心底的最后一点信任。

祁镇知道，他们不再是当年那对在花丛和绿叶间穿梭的小兄弟了。

现在的祁钰手中牢牢地持着一把剑，一把护卫着他来之不易的权力的剑。

祁镇知道自己在祁钰的心中只是一个抢夺者，一个要把祁钰的快乐拿走的人。

祁镇知道祁钰的剑锋可以刺向任何地方，即便流出的血和他自己身上的血一样，也在所不惜。

◇ ◇

祁镇曾经以为瓦剌的军营生活是他一生最大的劫难，但后来才知道，那仅仅是他人生历练的开始。

祁镇不知道自己是不是第一个挨饿的太上皇，但他可以肯定锦鸾是第一个要用针线活补贴家用的皇太后。

祁镇曾经看过锦鸾刺绣，那时锦鸾的刺绣还只是她打发无聊时光的消遣。

而现在的锦鸾却像民间女子一样，用手艺养活着吃不饱饭的祁镇。

有一次祁镇听到那个帮锦鸾把刺绣送出宫外变卖的宫女说，外面的客人们抱怨锦鸾的手艺不够精细。

祁镇笑着想，如果那位客人知道了刺绣的人是谁，是不是还会这样挑三拣四呢？

只是祁镇忍不住叹气了，如果锦鸾没有为自己哭瞎那只眼，那刺绣的品质可能会好点。

◇◇

祁镇的人生曾经光彩四射，但如今他只有这座阴暗的南宫，这座可能用尽一生也走不出的南宫。

祁镇从来没有像现在一样可以和锦鸾长久相对。

祁镇曾经以为，他看到过锦鸾最美丽的时候。

但现在的祁镇知道，只有在黑夜中那些身上环绕着光芒的人才会更加璀璨夺目！

即使她看不清了，走不好路了。

◇◇

南宫外的老树枝叶，绿了黄了好些次之后，祁镇曾经躁动不安的心终于平静了下来。

祁镇终于学会了抛弃自己的希望，终于不再向往外面的世界。因为他终于明白了，使自己痛苦的根源，就是这个注定要落空的希望。

◇◇

祁镇盯着墙角忙碌织网的小蜘蛛看了许久。

祁镇对着小蜘蛛自言自语说，我曾经看过你妈妈的妈妈的妈妈在这里织网。我想，未来的某一天，我还会在这里迎接你女儿的女儿的女儿的到来吧。

◇ ◇

阮浪进入南宫服侍祁镇的时候，祁镇想了半天也没有想起他是谁。

祁镇觉得自己应该见过阮浪，因为阮浪说自己在宫里已经待好几十年了。只是最终祁镇依然没有印象。

后来祁镇想，自己没有认出阮浪，其实是情有可原的。因为在这个皇宫中，也只有阮浪这样不受重用、不被关注的老太监，才可能被派来服侍自己。

◇ ◇

阮浪是一个很爱聊天的人，只是年纪大了，有些唠叨。

和阮浪聊天的时候，祁镇总是憋不住地笑。

阮浪常常会对祁镇诉说自己的过去，虽然说来说去都是一些鸡毛蒜皮的琐事，但这些琐事还是让祁镇很羡慕。祁镇觉得，人生如果都可以像阮浪一样，简单而知足，其实也是一件挺快乐的事情。

阮浪也会憧憬自己的未来。阮浪说，再过几年，他便到了可以出宫养老的年龄，有一间寺庙愿意接收他，那里有他最向往的晚年生活。

祁镇送给了阮浪一把镀金的小刀，还有一个绣花小袋子。阮浪笑眯眯地收下了。

祁镇看着阮浪把两件非常不值钱的礼物小心地揣到怀里的时候，眼中仿佛看到了在寺庙里养老的阮浪，他一定时不时把这两件东西拿出来向同住的老太监和寺里的小和尚炫耀自己陪伴太上皇生活的经历。

祁镇想，笨嘴笨舌的阮浪面对那些人质疑的时候，会是怎样窘迫的场景呢？

祁镇想，可惜我没有机会亲眼看到这个场景了，虽然那幅画面一定安宁而有趣。

◇ ◇

阮浪不再出现在南宫的时候，祁镇有时候还挺想念他的。

不过祁镇还是挺替阮浪庆幸的，毕竟不是每个人都可以走向他向往的人生的。

有个小太监哭着告诉祁镇，阮浪死了的时候，祁镇整个人发懵了。

小太监说，有人诬告祁镇要复辟，证据便是阮浪手中的小刀和绣袋，他们说那是祁镇托阮浪带出去求援的信物。

祁镇想，祁钰下令将阮浪斩首的时候，一定很生气。祁钰一定怨恨这个倔强的老太监到死也不肯招认祁镇有复辟的想法。

对于祁钰来说，这本是最好的机会，一次永绝后患的机会，可惜该死的阮浪在生命与诚实之间，选择了诚实。

祁镇想到了，那个在寺庙里絮絮叨叨地诉说自己人生的阮浪。祁镇知道这个阮浪向往很久的场景永远不会出现了。

祁镇想，我真是一个害人精。

◇◇

祁镇再见祁钰的时候，已经是七年后了。祁镇没有想到还有一天会像这样和祁钰相对。祁镇更没有想到当初那个踌躇满志的弟弟，会像垂暮的老者一样喘息着。

那一天，已经不再是祁钰的天下了。那些不满的旧臣将病榻上的祁钰的天下交还到了祁镇的手中。

祁钰的眼神是绝望和恐惧的，和当年幽闭在南宫中的祁镇一样，但是祁镇知道自己永远不会变成祁钰，因为他永远不会举起祁钰手中的那把剑。

刺痛祁镇的是祁钰眼神中的孤独。祁镇的人生远远比祁钰的坎坷，但从来没有如此孤独过。因为在乌云蔽日的天地中，总有一丝光亮为祁镇照亮旅途。

祁镇觉得自己可能比祁钰幸运很多，因为那条崎岖的路途中有伯颜帖木儿，有锦鸾，有阮浪，还有许多人。而祁钰什么都没有，甚至那个曾经陪伴祁钰的天下，也被祁镇要了回去。

◇◇

在许多年后，祁镇又一次想起了病榻上的祁钰，虽然那一天距离祁钰辞世已经很久了。

祁镇不知道上天的选择是不是正确，但是那场分离确实带走了他们之间的一切一切，那些曾经的温情和仇恨，在一夕散去，不再无穷无尽。

◇◇

祁镇重病缠身的时候，一直在琢磨着自己的人生。祁镇不知道自己这些年的努力，是否已偿还了自己年轻时犯下的错。

祁镇很庆幸自己没有在南宫中死去，因为如果是那样，史书能记录下来的，永远只有一个幼稚荒唐的朱祁镇了。

祁镇想，我的人生错过了很多次，但还好至少在最后的岁月，我从偏离正常轨道很远的地方，一点点地走了回来。

◇◇

祁镇在最昏沉的日子里，心里最惦记着的还是锦鸾。

在这座皇宫中，锦鸾不是最受欢迎的人。

因为每个人都知道，堂堂大明王朝的帝王朱祁镇心里有一个大大的空间是留给钱锦鸾的，无人能占据。

虽然每个人都知道原因，但不是每个人都愿意接受这个事实。

祁镇知道，可能有人在庆幸了，因为大明历代严格执行的殉葬制度，没有人违背过。父亲没有，祖父也没有。

祁镇知道，如果有一天自己离去，膝下无子的锦鸾必须殉葬。

虽然在有些人心里，那个看不清、走不稳却又占据了祁镇的心的锦鸾早就该走了。

祁镇不清楚，死亡是不是另一种团聚的方式，但是祁镇不愿意做这个假设，他觉得这样的相随不应该属于锦鸾。

那个执行了两千年的殉葬制度，必须要结束了。

◇ ◇

祁镇想起了那位告诉他，爱的极致是生死相随、不离不弃的大臣。

现在的祁镇很肯定地知道，那位大臣没有领会全部的爱。

祁镇不再打算闭上眼睛前，最后听到的那个声音是锦鸾的。

祁镇知道自己无法阻止锦鸾难过了。但祁镇希望锦鸾知道，他用一场分离作为两人故事的结局，也是极致的。

说《朱祁镇说》

朱祁镇的人生有很多波折，且相当的不完美，从皇帝到囚徒，再成为一个连饭都吃不饱的太上皇，最终却又极其被动地回到人生的顶点。

朱祁镇有着很幸运的一面，因为大部分帝王一生只能站在最高处，被人膜拜被人敬仰。而朱祁镇却在人生的最低谷，收获了最真挚的友情与爱情。

朱祁镇用自己的经历证明了，人生本没有绝对的喜剧与悲剧。我们在绝望中依然可以被温暖包围。

《祁镇说》中有一个重要人物没有提到，那就是陪伴着朱祁镇一起在瓦剌人军营里的随从袁彬，在危难的时刻袁彬没有舍弃朱祁镇。

朱祁镇也是一个肯付出真心对人的皇帝，这种品质在帝王身上十分稀有。或许这也是他历经波折，却一次次能从绝境中走出来的原因。

在回到大明后的第七年，朱祁镇再次当上皇帝以后，他会时不时地召见袁彬入宫，一起聊天，笑着回忆着他们做囚徒的日子。

那些曾经令朱祁镇想哭的岁月，太值得他微笑。

他身边有着不离不弃的袁彬、哈铭，不在意他身份贵贱的妻子钱皇后，还有忠心仁义的阮浪。

朱祁镇是一个有点乱七八糟、不幸又幸运的皇帝。

钱锦鸾这个名字并非来自正史，因为史书对女性并不尊重，绝大多数的女性只是记录了姓氏。

朱祁镇和钱皇后用八年最灰暗的时光，让两人之间的爱情变得成色十足，也感动了世人。

朱祁镇死后，钱皇后成了太后，因为没有子嗣，所以即位的新皇帝是与钱皇后关系不佳的周贵妃之子明宪宗朱见深。

钱皇后死后，朱见深一度企图不让朱祁镇和钱皇后合葬，以便未来自己的母亲周贵妃去世后可以和父亲合葬。

只是朱祁镇和钱皇后之间的故事影响极大，引发群臣的跪地请愿，最后迫于压力，两个相守一生的人最终得以团聚。

朱祁镇的故事不可能像小说一样拥有完美的结局，因为真实的历史常常没有架空虚构的故事或野史那么新奇与圆满。

但真正打动人心的往往永远都是这些真实但可能残缺的情感。

屠岸贾说

参考文献

《史记》卷四三《赵世家第十三》

《史记》卷三九《晋世家第九》

晋景公每次在朝堂上提起赵朔的时候，脸上总会透出一丝暖暖的笑意。

每当这个时刻，屠岸贾只是面无表情地站在下面，仿佛这一切都和自己无关。

其实屠岸贾是挺想笑的。因为他想到每次私下见景公，景公提起赵朔时那副狰狞的表情，再对比一下景公如今的样子。

屠岸贾觉得，自己可以憋着不笑，也算一件挺了不起的事情了。

◇ ◇

当然屠岸贾觉得，景公的虚伪是值得原谅的。因为在这个朝堂上，每个人的虚伪都是值得原谅的。

屠岸贾知道虚伪并不是什么好品德。但是他也知道在这个尔虞我诈的殿堂上，虚伪这种品质和吃饭睡觉一样重要。

因为一个人不吃饭会死，不睡觉会死。

而在这里不虚伪一样会死。

◇ ◇

屠岸贾出生在官宦世家。在晋国，屠岸家虽然比不上赵氏那么显赫，但是家里的仆人出去买菜的时候，也会有卖菜的小贩在背后指指点点地说："你看，那就是屠岸大人家的仆人呀。"

屠岸贾小的时候，父亲问过他一个问题："你知道在官场中，什么样的人不虚伪吗？"

屠岸贾当时几乎完全没有考虑就回答了："好人和忠臣是不虚

伪的。"

结果父亲说屠岸贾错了，真正的答案应该是权势最大的人最不虚伪。

父亲说出答案的时候，屠岸贾看着父亲会心地笑了。

父亲看着屠岸贾那副恍然大悟的表情，很是满意。

事实上，对于父亲的答案，屠岸贾根本不知道他说的是什么意思。只是屠岸贾知道，如果自己露出一脸白痴样，茫然地看着父亲，那么父亲在赏自己一顿板子之余，不免还要去母亲面前发一通关于"你家族的遗传拖累了屠岸家整体素质"之类的牢骚。

其实屠岸贾也知道对父亲说谎不好，但是他还是觉得有时候谎言是有价值的。

◇◇

父亲说的那段让屠岸贾不明白的话，屠岸贾放在了心中许久。

屠岸贾原以为那段话会像父亲说过的许多话一样，慢慢地被遗忘，就像没有说过一样。

但是那段话，却像生命力旺盛的种子一样，渐渐地在屠岸贾的心中生长，直到根深蒂固。好多年以后，屠岸贾回想起那次对话的时候，忽然发现原来自己从小就已经懂得应用这段话了。

就像父亲和屠岸贾之间，需要虚伪的是屠岸贾，因为不会伪装，便会挨打。不需要虚伪的是父亲，因为占据主宰地位的父亲没有必要伪装。

◇ ◇

屠岸贾在朝堂上仔细分辨过每一个人，最后他发现，这里的人都在伪装，连自己也不例外。就像景公用笑容遮挡他内心的愤怒一样，屠岸贾也用着一脸的平静去掩饰内心种种的不屑。

如果说例外，赵朔将军可能是唯一的例外。

在朝堂上，不管遇到什么大事小事，在事情的最后，景公都会用最和缓且带着三分亲昵的语气问赵朔一句："这件事，赵将军你看怎么办？"每当此时，朝堂上便会响起赵朔洪亮的笑声。

屠岸贾细心地揣摩了这不知道是豪爽还是嚣张的笑声很多次后，发现这笑声中没有任何伪装的成分。

屠岸贾发现原来在朝堂上，不需要虚伪的人，居然不是景公，而是赵朔将军。那么最有权势的人，当然不是景公，而是赵朔将军。

◇◇

屠岸贾知道，赵氏荣耀的得来并非毫无道理。

景公的祖父文公当上晋国国君之前，曾经在国外流亡了十九年。而在这十九年间，赵朔的祖父赵衰便一直追随在文公身边。

文公回到晋国当国君的时候，已经六十二岁了，赵衰便是那一年开始走向他人生的辉煌。

◇◇

屠岸贾曾经身临其境地感受过晋文公重耳那近乎不堪的十九年流亡岁月。

因为赵朔在心情好的时候，便会和同僚们聊聊当年的事情。赵朔说，那一年，晋文公重耳之所以逃亡，是因为他的父亲晋献公打算把国君的位置传给自己的小儿子奚齐，而奚齐的母亲骊姬为了让自己的儿子位置稳固。用诡计逼死了太子申生，又分别设计陷害献公其他几个有才能的儿子重耳、夷吾。

◇ ◇

重耳公子从晋国逃亡的那一天十分惊险，追捕重耳的军队甚至一度拽住了重耳的衣袖，最终重耳割断了自己的衣袖，翻墙逃脱。

屠岸贾不得不承认赵朔是一个讲故事的天才。因为即便听过了许多次，可每次赵朔讲重耳被追捕者拽住衣袖的时候，屠岸贾都会紧张地使劲揪着自己的衣袖。

屠岸贾常常觉得重耳挺可怜的。晋国公子的身份，可四十三岁的年纪还要在外逃亡。到了四十七岁，自己的弟弟夷吾回国即位，重耳仍然不敢回国，只在自己母亲的国家狄国小心度日。五十三岁时，弟弟夷吾甚至还派人去狄国刺杀他。原本安定了的重耳又只能继续远走卫国、齐国、曹国、宋国、郑国、楚国、秦国。一直到了六十二岁，重耳才在秦军的帮忙下回到了晋国，从自己的侄子怀公手中夺回了王位。

◇ ◇

不过，在赵朔的口中，文公重耳并不是这些故事的男主角，真正让人印象深刻的是赵衰。

在赵朔抑扬顿挫的声音感染下，每次故事说到三分之一时，便有听众开始眼圈发红了。

◇◇

在赵朔的诉说中，有两处最能引起听众的共鸣。

一处是，重耳逃亡的时候路过卫国，大家饿得没饭吃，不得已向卫国的村民们讨饭吃。结果村民们不但不给饭，还把泥巴装在饭碗里羞辱重耳。原本重耳是打算发火的，不过赵衰说："土象征着拥有土地，这是好兆头，我们应该行礼接受它。"

每次赵朔说到此处的时候，围观的听众都感动得发不出声音了。屠岸贾受感动的成分倒不是很多，反而更多的是钦佩。因为屠岸贾觉得赵衰可以在那种环境下，把这么一出悲剧硬生生地改写成了励志剧，确实也挺高明的。

屠岸贾觉得赵朔的口才应该是遗传的。

◇◇

相比于吃泥巴的励志剧，赵朔的另一个故事则更打动听众了。

那是重耳去曹国拜访国君曹共公的时候，曹共公非但对流亡的公子重耳没有给予相应的公子招待级别，而且他听说重耳的身体有点畸形——肋骨是紧密地连在一起的时候，便想着要扒了重耳的衣服去看看。

重耳的这个故事，屠岸贾之前在史官的记录上也曾经看过。看到这里的时候，屠岸贾和其他人一样都感到了无比屈辱。只是史书后面的记录太简洁了，屠岸贾一直不知道重耳全身而退的细节。

赵朔说，那天在千钧一发的时候，他的祖父赵衰挺身而出，勇敢地挡在了重耳的面前，对着曹共公大吼道："你想看就看我的吧，不要看我家主公的。"最后，曹共公在和赵衰的正义眼神对战中败北，只得放弃了要看重耳身体的想法。

不知道是因为屈辱还是感动，反正重耳遭遇曹共公的故事，是赵朔所说的所有故事中泪点最高的一个。基本上从赵衰挺身而出的时候开始，便已经有同僚哭得像泪人了。

◇ ◇

虽然屠岸贾第一次听到这个故事的时候，也在一瞬间感动过。不过后来屠岸贾细心去想，却又产生了许多疑问。

屠岸贾觉得，其实曹共公对重耳的生理畸形有兴趣，是因为传说肋骨连成一片是一种圣贤才特有的生理畸形。所以，客观地说，曹共公想看重耳的身体，是出于一种科研的目的，并不是心理扭曲。

屠岸贾还觉得，曹共公不肯看赵衰的身体，绝对不是被赵衰身上正义的气势所震撼，真实的情况是因为像赵衰这样一个长得不够畸形的中年人，根本没有什么看点。如果赵衰长着八条腿，曹共公不把他装在笼子里全国巡展就怪了。

◇ ◇

当然屠岸贾的种种疑问，从来没有在赵朔面前表露过。屠岸贾觉得，百分之九十九的原因，是因为自己认为做人做事给别人多留余地，是一种优良的品德。还有百分之一的原因，自然是有一点点忌惮赵氏家族的权势。

◇ ◇

屠岸贾很少听到赵朔提到他的父亲赵盾。但屠岸贾知道，如果说赵衰是奠定了赵氏兴盛的基础的人，那么赵盾则是真正让赵氏的权势变得不可动摇的人。

屠岸贾初入官场的时候，其实和赵盾共事过一段时间。只是那时候屠岸贾还只是一个说话没有分量的年轻人，而赵盾已经是可以操纵晋国的权臣了。

那一年，晋国的国君还是景公的堂兄灵公。灵公年纪很小的时候，便继承了国君的位置，所以屠岸贾入朝做官的时候，灵公虽然在位已经十几年了，可他其实还是一个年轻人。

◇◇

在众多大臣中，灵公对屠岸贾比其他人要亲热得多。很多年以后，还会有人提起屠岸贾的这段经历。很多年轻的官员都很想从屠岸贾那里得到一些为官的经验，毕竟一个没有任何资历的年轻人，可以在短短的时间便得到国君的信任，说起来也挺不可思议的。每当此时，屠岸贾眼中都会露出自信和骄傲的神色。屠岸贾会告诉那些年轻人，人生没有捷径，才华和能力才是赢取信任的唯一途径。

◇◇

其实屠岸贾更佩服自己的一点，反而是自己可以把一句谎话说得那么的正义和坦然。屠岸贾知道灵公对自己的亲近，其实仅仅是因为对于一个傀儡国君来说，只有和屠岸贾这样没资历、没势力的人说话，他才可以听到各种各样诸如"国君圣明""国君说得太对了"之类的附和。而在朝堂上，灵公听到的永远都是赵盾将军说"国君我觉得此事应该如何如何办"。

◇◇

有时候屠岸贾也挺同情灵公的遭遇的，但是他也知道灵公有许多的无奈。毕竟当年拍板决定由灵公继承国君位置的人就是赵盾。违背赵盾意志的人连傀儡也没有机会做。

屠岸贾和灵公热情聊天的时候，也会对未来充满无限幻想。屠岸贾梦想过最美好的一件事是，也许哪天自己一觉醒来，发现赵氏家族的人全部病死了，晋国的至高权力真正地回到了灵公的手中。到那时或许灵公会想起在自己人生的最低潮，曾经有一位微不足道但是始终不离不弃的年轻人屠岸贾是值得重用的。

屠岸贾的梦想最后实现了一半。没过多久，屠岸贾一觉醒来，确实发现有人死了，不过死去的不是赵家人而是灵公。

◇ ◇

屠岸贾记得那一天赵盾宣布灵公死讯的时候，赵盾流了很多眼泪。

屠岸贾后来听赵氏宗族的人叙述了事情的经过。他们说，灵公骄纵，荒淫无道，对百姓也不人道。平日赵盾和堂弟赵穿多次劝解灵公，他都不听。官里有位厨子煮熊掌的时候，没有煮熟，灵公居然把他杀了。因为赵盾恰好见到这场景，灵公怕赵盾唠叨，居然对赵盾起了杀念。最后赵穿出于自卫，也出于对晋国百姓负责，所以杀了灵公。

屠岸贾忍住眼泪，把这段话听完。屠岸贾知道灵公死亡的真相自己永远都无法知道了。

◇ ◇

赵氏诉说的真相中，有一点屠岸贾是相信的。那就是灵公一定拿起过宝剑刺向赵盾，这应该是这个傀儡一生中第一次也是最后一次捍卫自己的尊严吧。

屠岸贾知道自己不能哭，因为如果哭了，或许在下一刻，又会有一个姓赵的人把宝剑刺在自己的身上，赵氏不会容忍一个期待为旧主报仇的人。

◇◇

后来屠岸贾想起那天赵盾泪流满面的样子，也觉得这事怪好笑的。因为在虚伪的世界里，有人泪流满面地喜悦着，有人不动声色地哀伤着。我们都需要一张虚伪的面具，让自己活下去。

屠岸贾觉得，自己此生应该不会认识比赵盾更加虚伪的人了吧。

屠岸贾知道，很多人都在猜测，灵公的时代结束了，谁的时代会到来呢？只是屠岸贾觉得，他们都在猜测一个伪命题，因为灵公的时代从来没有到来过，只是赵氏的时代一直继续着而已。

屠岸贾还知道自己不会替灵公报仇的，即便那个高贵的傀儡曾经把最真诚的笑送给他。

因为屠岸家的生活要继续，屠岸贾还是希望未来自己的儿子孙子大摇大摆地走在街头的时候，还会有人在背后评头论足，不管他们那错综复杂的情绪带着多少嫉妒和羡慕。但那些不管是真是假的敬仰屠岸贾都喜欢的，至于在这个国度里，权势最高的人是国君还是赵氏，好像并不那么重要。

◇◇

景公说要杀了赵朔的时候，屠岸贾还是觉得有些意外的。屠岸贾一直以为景公和赵氏的关系应该是亲密的，因为景公的亲姐姐赵庄姬嫁给了赵衰的孙子赵朔为妻。

屠岸贾曾经觉得，景公与赵氏这种紧密的但又相当乱七八糟的关系，虽然让人有点抓狂，但应该是有意义的。这些婚姻存在的重要性说明，或许在晋国与赵氏共存最好的方式，不是针锋相对，而是完美地与赵氏合二为一。

其实屠岸贾也知道景公心里对赵朔从来没有好感，但是景公咬牙切齿地对着屠岸贾说要杀赵朔的时候。屠岸贾才意识到，原来景公对赵氏的恐惧并没有因为结亲而减少，只是压抑在喜悦的背后越积越深。

◇◇

屠岸贾低着头跪在景公的面前，心想：国君你要杀赵氏就杀吧，不过干吗要找我呢？你们一大家子亲戚之间纠缠不清的关系，干吗要把无关的外人牵扯进来？

屠岸贾低着头，心中酝酿着下一刻的表情。

屠岸贾知道，诛杀赵朔，帮景公除去心腹大患，是一件大功劳。可是杀了赵朔，赵庄姬又会如何？很显然国君不会对自己的姐姐采取过激的行为，因此万一某一天姐弟和解了，那自己不就是牺牲品了吗？

屠岸贾知道就在下一个场景，景公会看到一张充满着忠义、温顺的脸。

屠岸贾会告诉景公，奸诈嚣张的赵朔该死，不过这么重要一件事情，靠一个虽然忠心但是气质斯文、性格柔和的人去做，其实是一件挺冒险的事，这样的人最适合走走文艺路线，做做幕后策划。至于打打杀杀的事情，还是交给韩厥之类的莽夫去做吧。

◇◇

屠岸贾抬起头，用那张酝酿了半天表情的脸面对着景公。屠岸贾觉得，如果现在有一面铜镜，那么他一定会被自己这副充满着悲伤迷茫的表情打动。

不过屠岸贾的话只开了一个头，便被景公身边那把泛着寒光的宝剑吓了回去。屠岸贾一直以为正午的阳光才会散发出最夺目的光彩，可是直到这一刻，屠岸贾才知道，巳时的阳光会斜斜地照进大殿，照在宝剑上，那道寒光一样可以震人心魄。

◇◇

屠岸贾悲哀地向着宫门外走去，身后传来景公的声音。屠岸贾觉得景公的这声呼唤，让今天的这个时刻变得很温暖。屠岸贾知道景公将要说的话，一定是嘱咐自己要小心点。屠岸贾不知道景公的这声嘱咐中会包含多少真正关心自己的成分，但是他觉得哪怕只有一点便足够了。

屠岸贾转过头，期盼地望着景公。

景公说："屠岸贾，你记得诛杀赵朔的事情不管是成功还是失败，都不要对外人说这事是我让你办的。我没有其他话了，你可以退下了。"

◇◇

下宫的夜，宁静得可怕。这种祭祀亲人的地方，寻常的日子很少有人往来。屠岸贾等待这个机会很久了。因为他知道，以赵氏的势力，如果无法一网打尽，不管留下了哪个，都是晋国和自己的灾难。

或许只有这样的夜，这样赵氏集结的日子，才是屠岸贾下手的最好机会。

屠岸贾从来没有想到过，剿灭赵氏的过程会如此顺利。

屠岸贾躲在下宫外的石柱后，窥视着下宫里慌乱逃窜的赵氏和杀得眼红的晋国士兵。

◇◇

屠岸贾看到不可一世的赵同惊恐地用手握着刺在他身上的宝剑。

屠岸贾还看到冷漠高傲的赵括和斯文风流的赵婴齐痛苦扭曲的脸。

屠岸贾最后看到晋国军队最高的统帅中军将军赵朔被一个最低等的小卒一刀砍在大腿上。

屠岸贾觉得自己轻易得来的胜利，并非毫无道理，也许像赵朔这样仰着头对着天空笑的人，从来不会去注意匍匐在他身下的人及其手中的匕首。

◇ ◇

屠岸贾扭过头，不再去窥视这血腥的场景。

屠岸贾忽然在想，赵同、赵括、赵婴齐都是赵朔妻子姐姐的儿子，但同时也是赵朔爷爷的儿子。只是不知道如此混乱的关系，这一大家子吃饭的时候，是如何称呼彼此的。

当然屠岸贾觉得，自己永远得不到的这份答案，其实已经不重要了。

◇ ◇

屠岸贾曾经质疑过父亲告诉自己的一句话，那时候父亲说："在朝堂上，不懂得虚伪的人是无法活下去的。"

在认识赵朔的无数个日子里，屠岸贾很多次地怀疑这句话的正确性。因为那个时不时就会发出不知道是豪爽还是嚣张但从来不伪装的笑声的赵朔，始终活得很好。

直到这个夜里，屠岸贾才完完全全地对这句话深信不疑。

屠岸贾有点悲伤地想，那种不知道是豪爽还是嚣张的笑声不再会响起了。

◇◇

赵庄姬怀了赵朔的遗腹子赵武，而且赵武一出生便被赵朔的门客程婴和公孙杵臼带出宫外。屠岸贾听到这个消息的时候，心里慌乱得不知如何是好。他觉得自己必须杀了这个无辜的小婴儿。因为他清楚，在这个世界上留下一个赵氏的血脉，是一件多么可怕的事情。

屠岸贾曾经以为，人生的抉择是一场是与非之间的判断。只是景公把屠杀赵氏的任务交给屠岸贾的时候，屠岸贾才发现，人生中的许多选择题，其实是在两个错误的答案里面选择一个错得不那么离谱的。

屠岸贾还发现，在一个错误的路口，我们只能用无数错误的步伐向前走，除此之外，别无选择。

屠岸贾觉得自己可能没法找到赵武，不过屠岸贾觉得可能钱能够找到赵武。

◇ ◇

许多年以后，屠岸贾回忆起第一次见到程婴的时候，依然觉得当初的自己幼稚得可笑。

那一天，屠岸贾觉得程婴是一个卑鄙的小人，是一个为了一千金赏金便可以出卖朋友的人。

因为程婴带来的不仅仅是赵氏唯一的血脉赵武，还有自己的好友公孙杵臼的下落。

公孙杵臼束手就擒的时候，屠岸贾看着被程婴抱在怀里的那个穿得漂漂亮亮的小婴儿，他的第一反应便是怀疑。心想：这是谁家的孩子？程婴这老小子，可别随便在街头找一个孩子冒充就来骗我这一千金。虽然千金是小事，因为那是国库的钱，可是让赵氏孤儿逃了就是大事了，他会要了自己的命。

如果不是公孙杵臼惨痛的哭喊声，屠岸贾原也不会那么轻易相信他们的话。公孙杵臼极力地向程婴手中的孩子扑过去，哭喊着："你们要杀就杀我吧，何必要杀这个无辜的小孩子。"

屠岸贾后来回想起公孙杵臼那副凄厉的表情的时候，也只能为自己叹了一口气。

屠岸贾想，如果时光可以倒流到公孙杵臼死去的那一天，自己还是会再上他一次当。最高境界的谎言可能就是这样的吧，不惜一切代价包括生命的谎言，总是那样天衣无缝。

◇◇

程婴带着一千金离开的时候，屠岸贾心里把他骂了无数遍。屠岸贾知道程婴在未来的日子里必然要像过街老鼠一样，在世人的唾骂声里活着。对于程婴的下场，屠岸贾没有任何的意外，因为他觉得这是一个背弃友情、放弃忠义的男人必然的下场。屠岸贾后来听说，程婴离开了都城，去了山里隐居。他觉得，程婴也许永远都不会回来了，这也许是他最好的选择。

◇◇

屠岸贾一生见过无数人，但他觉得像公孙杵臼和程婴这样的人，自己永远都不会再遇上了。屠岸贾认为公孙杵臼是一个品德高尚的人，一个用生命维护旧主孩子的门客，值得尊敬。

屠岸贾认为程婴也是一个品德高尚的人，一个忍辱负重十几年养育旧主孩子的人，同样值得尊敬。

屠岸贾觉得遇到品德高尚的人，是一件幸运的事情。

屠岸贾觉得遇到智商低下的人，是一件头痛的事情。

不过，屠岸贾觉得如果遇到一个品德与智商成反比的人，则是一件可怕的事情。当然更可怕的事，是遇到两个品德与智商成反比的人。

屠岸贾想，也许未来会有人赞叹公孙杵臼和程婴的愚忠，只是他们的"义举"只会给国家带来更多的动荡。因为不管那个婴儿长大后，是好是坏，是聪明还是愚笨的，总会有些人期待借助赵氏的名义"崛起"，去实现他们的野心。

◇ ◇

赵朔活着的时候，屠岸贾从来没有想过赵氏不在的时候，朝堂上会是怎样的场景。

屠岸贾曾经对自己的生活很满意，身为晋国的司寇，掌管着国家最高的刑罚责任，这样的位置对他来说，美满而快乐。只是赵氏灭族以后，屠岸贾才发现，原来美满永远只是相对的。他发现自己再也不用唯唯诺诺地对赵家或者与赵家有关联的人微笑的时候，也会觉得当初那场不情不愿的屠杀，其实并不是完全没有意义的。

◇ ◇

屠岸贾常常会想，景公也许和他一样吧，在赵朔离去的十几年里，疯狂享受着权力所带来的快乐。

有时候屠岸贾也会享受当年赵朔的快乐，景公总在事情要决定之前，亲昵地问屠岸贾一句："这件事，屠岸司寇怎么看？"

屠岸贾记得这句熟悉的口头禅，是景公最爱对赵朔说的。他觉得这句曾经让自己无比反感的话，如今听起来并没有那么不适应了，或许是因为如今对象已经换成了自己。

◇ ◇

有段时间，屠岸贾在朝堂里总被一种奇怪的感觉困扰着。那种熟悉但遥远的感觉好像总是在他最快乐的时候出现。他仔细地分辨了许多次，但永远只能听到自己笑声的回音在大殿里飘荡。

屠岸贾明白这种感觉来源的时候，已经过去了很多年。他后悔自己的觉悟来得太迟。

他原以为那种分不清豪爽还是嚣张的笑声永远不会再响起了，但它真的回来了。只是这一次那种毫不虚伪的笑声，并不属于赵朔，而是属于屠岸贾自己。

◇ ◇

屠岸贾听说景公要替赵家昭雪冤情的时候，居然毫不感到意外。因为他知道在晋国所有拥有那种狂妄笑声的人，都不会有机会活下去了。赵朔是这样，自己也是这样。

也许在景公眼中，赵氏和屠岸家并没有分别。决定谁会死亡的，只是取决于他们谁拥有了那种无所顾忌的权势。至于忠诚和能力，并不重要。

屠岸贾觉得，在景公眼里，赵朔和屠岸贾都只是用过一次便可丢弃的棋子。不管是用没有权势的屠岸贾杀了赵朔，还是用羽翼未丰的赵氏孤儿杀了渐渐强势的屠岸贾。对于景公来说，都是一步好棋。当然屠岸贾也觉得，自以为是操纵者的景公其实也只是这盘棋上的一颗棋子。只是在没有被吃掉之前，他得意的笑声会一直持续。

◇◇

屠岸贾听闻景公说屠杀赵氏的命令是屠岸贾擅自做主的。他想，这种借口会有人信吗？国君会重用一个自作主张屠杀重臣的人十五年吗？不过他也知道，借口永远都是让人说的，让人听的，而不是让人信的。

屠岸贾还听说，晋国的民众传言当年程婴用自己的孩子替换了赵氏孤儿，才避免了屠岸贾下令残忍杀戮全城婴儿这一悲剧的发生。他想，这样幼稚的谎言，会以讹传讹吗？可能民众对传说中英雄的塑造都是如此，从平凡到伟大再到神话吧。至于可信不可信，说多了总有不爱动脑的人信吧。

◇◇

屠岸贾在家里见到赵武之前，曾经怀疑过赵武的身份。他觉得，也许这一次，程婴又不知道从哪里找来了不明不白的野孩子冒充赵氏的骨血。不过他见到赵武之后，心中的疑惑全部都消失了。赵武眉宇之间很有几分赵朔的模样。小小的年纪，却已经带着不少蛮横英武的气质。

屠岸贾对赵武的第一印象竟然是赞叹。他想，赵家的这个野蛮孩子跟着程婴在山里隐居了那么多年，居然还能如此气度不凡，确实不太容易。当然，屠岸贾后来想到程婴培养赵武的教育基金，就是从他手里骗走的一千金的时候，原本带有嫉妒的赞叹之心便不见了踪影，只剩下了郁闷。

◇ ◇

屠岸贾想，在未来的历史记载中，自己应该是一个不折不扣的反派了。他从来没有觉得自己做错过什么。只是历史只有成败，没有是非，而自己恰好是一个失败者。

屠岸贾觉得，当很多人在书中看到恶贯满盈的屠岸贾被赵武用宝剑刺穿胸膛这一篇章的时候，会忍不住笑出声来。那是因为历史永远只是胜利者的赞美诗，每个围观的人都会用最快的速度站在胜利者的身后，去分享胜利者的喜悦。那些无关的人，迫不及待地发出畅快的笑声，以为自己也是成功者。

◇ ◇

　　屠岸贾想，不再有人能阻挡赵氏的复兴了。未来的晋国一定会被赵氏的后人所取代，这只是时间问题。他想，未来赵氏建立的国家会叫什么名字呢？以赵氏那么爱显摆的性格，可能就是叫赵国吧。

　　屠岸贾看着赵武手中的剑，完全没有逃跑的欲望。因为屠岸贾知道如今的自己，早就无路可逃了。他不想自己临死前，还要被赵家的那个野蛮孩子追得满屋子乱跑，最后被砍得一身是血。他想，历史应该不会记住这个奸臣——屠岸贾坦然受死的瞬间。

　　◇ ◇

　　屠岸贾依然在疑惑自己是好人还是坏人。

　　我想我是一个坏人，如果你们自以为自己是个好人！

说《屠岸贾说》

《赵氏孤儿》是一个挺有争议的故事。对于这个故事，《史记》和《左传》有着完全不同的记载。在《左传》中，甚至否认了这个故事的存在。而在《史记》里，则记录了一个标准的忠良被奸臣陷害，然后得以昭雪的故事。

在很多历史记载中，人物好坏、忠奸的确定，并非来自他们本身品行的好坏，而是取决于他们人生的成败。成王败寇的定律，并不完全是因为记录者刻意歪曲事实。更重要的是，每个人内心总是渴望着善有善报、恶有恶报的结果。所以，在这种预设的立场下，那些历史的记录者们，总会有意无意地从人物的结局反推到人物的性格。于是史书中便多了许多委屈的反派以及并不正义的正派。

细细分析史书中赵氏的历史，我们会发现，赵氏几近灭族的结局并非没有征兆。当权臣赵朔和族人几乎控制了整个国家的时候，作为国家的最高领导者晋景公当然会为了自己的利益做一些努力。于是，屠戮赵氏成为国君晋景公最好的选择。

赵氏最终被塑造成忠义的臣子，并非因为他的忠诚，而是因为赵氏最后留下了一条血脉——赵朔的儿子赵武未来的成就。在赵武的努力下，原本已经被逐渐淡忘的赵氏家族又一次重新崛起，最终，赵氏的后人与魏氏、韩氏三家分晋，结束了属于晋国的时代。历史也就此由春秋走向了战国。

　　真正让《赵氏孤儿》这个故事被世人熟知是元代的戏剧，这个影响力巨大且十分感人的版本被加入了许多经不起推敲的情节，比如程婴用自己的儿子代替赵武，又比如屠岸贾下令要屠杀全城的婴儿。作为忠义代表的赵氏家族因忽略了他们身上的阴暗面而成了受尽委屈的善心人，而史书上明明白白地记录着的赵氏嚣张跋扈的事迹，却被淡化被无视了。

　　《屠岸贾说》是一个站在历史价值观对立面写作的故事，但我也并不真心地认同赵氏是奸邪的说法。这只是一场权力博弈的斗争，好人与坏人都是相对的。

卫伋说

参考文献

《史记》卷三七《卫康叔世家第七》
《史记》卷三二《齐太公世家第二》
《史记》卷四二《郑世家第十二》

卫伋每次看到卫寿和卫朔的时候，总是很难把他们和"弟弟"这个词联系起来。因为如果按年龄算，卫寿和卫朔差不多可以当卫伋的儿子了。

◇◇

卫伋年轻的时候，订过一桩婚事。与卫伋结亲的女子是齐国的公主，齐僖公的女儿宣姜。对于这桩婚事，卫伋的父亲——卫国的国君卫宣公很是高兴。因为在诸侯林立，国与国之间战争随时爆发的时代，和强大的齐国国君结为儿女亲家，无疑让卫国的安全多了一重保障。

对这桩婚事充满期待的还有卫国的百姓，那些百姓们从来没有什么太过分的要求。他们只是希望过着安宁的生活，而齐国的庇佑显然会让他们的理想更容易变成现实。

◇◇

在这桩婚事中，最不激动的反而是卫伋，因为卫伋很早便知道，身为卫国的太子，和齐国公主的这场政治婚姻只是他的宿命。在卫国，卫伋并不是第一个娶齐国公主的人，卫伋的祖父卫庄公便娶过齐国的公主庄姜，而卫伋的母亲夷姜同样是齐国公主。卫伋想，反正是一场注定的政治婚姻，娶一个美貌的齐国公主，总胜过找一个随时随地给自己惊吓的黄脸婆好吧。

◇◇

卫伋知道，并不是所有人对这种政治婚姻都采取妥协的态度。就在前几年，齐僖公也曾经看中了郑国的太子忽，还想把自己的另一个女儿文姜嫁给他。可是太子忽却说："郑国太小而齐国太大，我配不上文姜。"

卫伋听说这件事情的时候，还是挺佩服太子忽的。因为郑国的国君郑庄公的几个儿子都有当国君的可能，太子忽如果迎娶了文姜，无疑会让自己的太子位置变得更加稳固，可是太子忽却没有因此妥协。

◇ ◇

后来太子忽当上了国君后被弟弟郑厉公篡位，不得已逃到了卫国。卫伋和落难的太子忽一起饮酒的时候，挺想问问太子忽是否后悔过当年说出那句"齐大非偶"的豪言，从而导致得不到齐国的庇护。只是卫伋最终没有问出口，因为卫伋害怕得到肯定的答案，卫伋的心里总是怀揣着希望，希望那个对宿命说不的人仍然存在，虽然自己不是那个说不的人。

◇ ◇

宣姜到卫国的那一天，卫伋不在。等卫伋回来后，宣姜已经成了父亲卫宣公的夫人。卫伋后来听人说，自己的父亲听说宣姜十分美貌，便找了借口支开自己，直接迎娶了宣姜。

◇ ◇

那件事过了许久，卫伋依然很难找到一个词来形容自己听到这个消息后的心情。卫伋觉得那是一种混杂着屈辱的伤感。他知道自那一天后，那个曾经在卫国人心目中，庄重得近乎神圣的太子伋，不再高高在上了。父亲毫不顾惜自己感受的行为，让自己成了全卫国的笑料。就连最粗鄙的贩夫走卒都可以在茶余饭后，带着嘲讽和讪笑对太子伋的婚事评头论足。

◇ ◇

卫伋曾经以为，亲情是这个有太多虚情假意的生活环境里最后的一方净土。但是这一天之后卫伋知道，所有的感情在诱惑面前都可能背叛。卫伋还知道，自己和父亲之间曾经紧密得像最坚固的玉石般无瑕且坚不可摧的关系，终于裂了一条深深的缝隙。卫伋甚至知道，这条缝隙还会越来越大，越来越深，直至彻底分离。

◇ ◇

宣姜刚刚生下卫寿和卫朔的那几年，卫伋每次和她相遇的时候，彼此之间都觉得挺尴尬的。卫伋不知道，这位年纪和自己差不多大的庶母对当初的那场婚事是怎么看待的。只是他从来没有和宣姜谈过这个话题。他想，自己和宣姜这一生也许都会这样不冷不热地相处下去，就像我们这一生遇过的无数人一样。

◇ ◇

卫寿和卫朔长大了一点之后，那场有些荒诞离奇的抢婚事件所产生的影响终于开始减退。卫伋觉得，人生中所经受的伤痛，终有一天会像一张记载着故事的书页，翻过去便不再翻回来了，不管那段记忆曾经多么的痛彻心扉。只是他发现，宣姜和自己之间那点原以为可能存在的情分，也随着那段淡去的记忆渐渐消散了。

◇ ◇

如果不是有位和卫伋要好的内侍告诉卫伋，宣姜开始在国君面前说卫伋的闲话了。卫伋还没有意识到，自己和宣姜居然变成了对手。

卫伋总觉得，人生的际遇很奇妙，只是在父亲听说宣姜貌美的那个小小瞬间，自己和宣姜的关系便走向了完全相反的地方。

卫伋知道，自己在这个曾经可能和自己白头偕老的女子眼中，已经成为一个很大的障碍，一个阻碍自己儿子卫寿承袭卫国国君位置的人。

◇ ◇

卫伋看到父亲与宣姜、卫寿、卫朔在一起的时候，总会有种孤独感。他觉得在这座宫殿中，自己越来越像一个外人了。虽然他曾经以为，这里会是自己永远的家。父亲对卫寿的宠爱，常常让卫伋想起当年的自己。那时候母亲还活着，父亲也会这样含着笑意，不声不响远远地看着自己。而如今卫伋能得到的只是父亲不冷不热的注视。

◇ ◇

卫伋一直也没有弄清楚，为什么卫寿和卫朔这对双生兄弟，性格却相差如此之大。卫朔跋扈的性格像极了父亲，他张扬霸道，更是从来不掩饰自己对卫伋的嫌恶。卫伋面对着这双带着挑衅和自己有些相似的眼睛时，会忍不住去想，也许自己极其讨厌一个人而愤怒的时候，也是这样的吧。卫伋总觉得，卫朔对自己感到愤怒没有必要，因为以卫朔无理骄狂的性格，即便卫伋不是太子，也轮不到他承袭这个位置。

◇ ◇

卫寿则是另一个极端。卫伋觉得，如果卫寿不是有一个同样温和漂亮但满怀心计的母亲，自己一定会被他温和儒雅的外表所欺骗。比起那个常常恶狠狠地盯着自己的卫朔，卫伋觉得卫寿更让自己难受。卫寿每一次客气的问候，每一次仿佛带着善意的微笑，每一次在众人面前道貌岸然的客套。卫伋都不得不一直提醒自己，这一切都是假的、假的、假的。

卫伋知道，如果没有宣姜随时随地的煽动，或许卫伋和父亲还不至于恶化到如今的关系。而卫寿只是另一个翻版的宣姜，在阳光的外表下，有一颗阴狠的心。

卫伋用淡淡的微笑回应卫寿的时候，总是冷冷地想，你所会的一切伪装，我也会。

◇ ◇

卫寿将成为新太子的传闻一次又一次地传进卫伋耳朵里的时候，他从紧张渐渐地变得麻木了。他常常茫然地去想象自己未来的命运，知道自己丢失掉太子位置也许只是时间问题。

◇ ◇

卫伋听说过许多公子们争权失利后的命运，运气好的是在各国间流亡，余生过着寄人篱下的生活。而运气不佳的，则是在残酷的宫廷斗争中丢了性命。卫伋觉得，自己的未来已成定局的那条路不管是向左还是向右，自己都无法走自己间往的人生道路。

◇ ◇

卫伋有时候会遇见卫寿，卫寿总会停下来和他说上几件无关痛痒的小事，卫寿的态度随意得像一个真正的弟弟。听到卫寿充满着温和且带着亲近的话，卫伋常常会恍惚起来，觉得那是一种兄弟间该有的状态。

卫伋很希望自己是一个傻瓜，那么自己便可以痴痴呆呆地相信所见到的一切，然后沉浸在虚幻的喜悦中，等待注定悲怆的结局到来。卫伋知道，在一个悲剧的故事中，最痛苦的不是最傻的那个人，而是向着未来的悲剧结局前行，又无法脱离现实的聪明人。他无奈地发觉自己是一个聪明人。

◇ ◇

卫伋接到出使齐国使命的时候，觉得这应该是一件皆大欢喜的事情。父亲赐给卫伋一根白旄，那是一面缠着牦牛尾的白色军旗，也是这次出使齐国的信物。

卫伋不知道因为这次的使命会离开多久。但卫伋想，至少在挺长的时间里，自己不会在别人的眼前碍事，也不会再见到让自己烦恼的那帮人了。

◇ ◇

卫伋临走的时候，有点意外地见到了卫寿。卫寿欲言又止的样子让卫伋觉得有些意外。卫寿后来说："卫朔和父亲合谋要杀掉你，他们在卫国和齐国之间的边境线上收买了一些异国的盗匪，只要你一路过就会袭击你。你手中的这根白旄就是标记。"卫寿的话让卫伋有些意外，他揣摩着卫寿话里的真伪。

卫伋记得那天和逃亡在卫国的太子忽一起喝酒的时候，太子忽说："自己像一块阻挡在别人脚尖前的石头一样，被人远远地踢开了。"但事实上，逃亡并不是最糟糕的结局。因为在曾经的岁月里，有挺多流亡的公子，借助外部的力量回国篡权。所以，对胜利者而言，杀掉曾经的竞争者才是一劳永逸的。

卫伋无法相信，父亲会对自己动了杀机。因为在父亲一手遮天的国度里，他并没有能力和被父亲宠爱的卫寿争夺国君继任者的位置。卫伋也不觉得自己已经拥有了让父亲忌惮到要杀死自己的地步。

◇ ◇

卫伋看着卫寿仿佛真诚的脸，忽然明白了卫寿的心思。他想：自己惊慌失措的流亡，对卫寿来说应该是一件太重要的事情吧。因为自那一刻起，卫寿便可以名正言顺地取代自己成为太子。卫伋知道，即便有着必胜的把握，卫寿也不愿意继续等下去了。

◇◇

卫伋和卫寿坐在小船里饮酒的时候，他看到卫寿带着笑却掩饰不住消沉的样子，他知道没能成功地阻止自己出使齐国，对卫寿的打击挺大。

卫伋发现，自己难过的心情居然远远地超过了幸灾乐祸的喜悦。那种曾经有过的恍惚，在杯中酒的作用下又来了。卫伋想，在清幽的夜色，温润的月光下，和自己的亲人共饮的感觉，太美好了。卫伋喜欢这个失去理智的瞬间，非常非常喜欢。

◇◇

卫伋倒在船舱里的时候，最后看到的是卫寿带着微笑但有点悲哀的脸。卫伋知道自己的酒量远不止此，但他发现自己的身体沉重得再也无法控制。卫伋所剩下的最后一个念头只是，卫寿他打算做什么？

◇◇

卫伋睡醒以后，发现自己依然睡在小船里，身上还盖着毯子。他疑惑地回想着醉倒前的场景，能记得的只是卫寿那张有些悲伤的脸。

　　卫伋走出船外，外面依然是昨日的场景。这一切都让他困惑，他原以为自己会在一个莫名其妙的地方醒来，或者就此不再醒来。可一切仿佛都没有变，就像从来没有发生过任何事情。

　　但卫伋很快便发现自己丢了东西，那根代表着自己使者身份的白旄不见了。他忽然害怕了起来，害怕喝酒前卫寿所说的话都是真的。他更害怕的是，卫寿曾经对自己说过的话，都是真的。

　　◇ ◇

　　卫伋赶往边境线的路上，遇到了卫寿所说的那群盗匪。那些普通人打扮的盗匪，卫伋原也不会认出他们的。可是卫伋看到了手中紧握白旄的卫寿，像一个战利品一样，静静地躺在他们的车子里。如果没有衣服上那片殷红的血迹，卫寿的样子确实很像睡着了。

　　◇ ◇

　　卫伋看着已经不会再醒来的卫寿，心里对自己说，我是怎样一个差劲的哥哥，居然要让自己的弟弟用生命来赢得自己的信任。卫伋曾经痛恨自己生命中有那么多假的、假的、假的。可原来那一声关切的问候是真的，那一次带着善意的微笑也是真的。

◇ ◇

卫伋看着那群兴高采烈地打算回去复命的盗匪。他知道弟弟卫寿的计划成功了。在那条边境线上不会再有人阻止他逃往自由的人生了。

◇ ◇

卫伋向着那群盗匪大喊着"你们杀错人了，我才是太子伋，我才是太子伋"的时候，也知道自己的喊声会让弟弟的牺牲变得没有意义。他还知道自己欠下了无法偿还的债，因为那个给他最宝贵东西的人已经不在了。他觉得弟弟原本可以成为一个很好的国君的，因为他知道怎样去爱别人。而自己让这一切变成了不可能。

◇ ◇

卫伋站在自己人生的最后一个路口，向自己来时的方向望去。他原以为，自己的人生是一个白昼到暗夜的历程，就像我们人生中的无数个日日夜夜一样，总是从光彩非凡走向黑暗，直至完全被吞噬。

可如今，他发觉自己生命中那段黑暗的时光里，原来曾经被点点光亮照耀着。

也许人生中，总有一些光亮不会熄灭，就像夏夜里那漫天飞舞的萤火虫一样，永远不会被夜色席卷，无论多么深沉的夜。

说《卫伋说》

卫伋不姓卫，他本姓姬，是周文王儿子卫康叔姬封的后代，卫伋这个称呼用的是国号加名字的称呼方式。

春秋战国时期，诸侯国的公子之间的关系多不亲密，即便是同胞，在权力斗争中，互相杀戮的故事并不鲜见，所以类似卫伋和卫寿这样的兄弟，便显得尤为难得。《诗经》里也记录了两人的故事，名字叫《二子乘舟》。

在文学作品里，用卫伋和卫寿两人做原型的故事并不多，原因可能是和他们人生的结局有关。在文学作品中，读者愿意接受的故事结局只有两种——皆大欢喜的喜剧或好人牺牲而赢得胜利的悲剧。而卫伋两兄弟的故事却不属于这两种，这是一个好人失败、坏人得逞的故事。在故事的最后，卫寿用生命为卫伋打开了逃生之门，而卫伋却放弃了这个机会，用自己的生命回报了弟弟的情谊。最终继承国君位置的是多次陷害卫伋、自己也乱七八糟的卫朔。

只是卫朔两个哥哥的遭遇依然引起了公愤，最终引发了卫国新的动荡。

卫寿的母亲齐宣姜，本名应该不叫宣姜，齐宣姜的齐是齐国的国号，宣字是卫宣公的宣，姜则是齐国国君的姓氏。齐国国君有两个姓氏，春秋时姓姜，他们是姜子牙的后裔。战国时齐国被田氏篡位，国号一样，但君主已经变成了田氏。

张邦昌说

参考文献

《宋史》卷一《本纪第一·太祖一》
《宋史》卷七《本纪第七·真宗二》
《宋史》卷二二《本纪第二十二·徽宗四》
《宋史》卷二三《本纪第二十三·钦宗》
《宋史》卷四七五
《列传第二百三十四·叛臣·张邦昌》
《三朝北盟会编》

张邦昌坐在华丽的龙椅上，觉得浑身上下都很不自在。那张仿佛舒适宽阔的龙椅就像一块长满了刺的铁板，扎得张邦昌坐立难安。张邦昌知道，在过往的岁月中，坐上这张龙椅是无数人梦寐以求的。他还知道，在未来的岁月中，还会有无数人不顾一切地要坐上这张龙椅，即便付出生命的代价。只是他一点都不喜欢这张椅子，因为他知道，从自己坐上龙椅的那一刻起，自己的命运便注定了。

在未来的岁月里，有很多人会知道这样一个故事：大宋靖康二年（1127 年）二月，金兵入侵中原，攻破东京汴梁城，俘虏徽宗、钦宗二帝，大宋的奸臣张邦昌在金人的扶持下，取代北宋，建立大楚，成为金人的傀儡皇帝。

◇◇

张邦昌曾经看过许多历史书，他发现在历史书上有记载的奸臣中，舒舒服服地活到寿终正寝的也挺多的。就像去年病故的高俅高太尉，虽然民间把他的人品说得百般不堪，但他还不是荣华富贵了一辈子吗？

张邦昌想，自己人生最完美的结局，可能也是这样吧，浑浑噩噩地度过一生，身后留下千年的骂名。张邦昌觉得这样的结局是可以接受的，骂就骂吧，反正我也听不到了。

◇◇

张邦昌第一次听说金国，差不多是十年之前了。那一天，有位同朝的官员告诉他，北方女真人建立了一个国家叫金国。这样的话题，张邦昌原本是不关注的，因为像女真这样弱小的民族，确实不值得关注。只是当他知道金国和辽国之间水火不容后，他才忍不住留心了。当然他对金国的态度，更多的是耻笑。他想，选择和强大的辽国对抗，这个女真人建立的国家能支撑多少年？是三年？一年？还是半年呢？

◇◇

强大的辽国军队被女真人打得节节败退之后，此事自然成了朝中群臣闲暇时的谈资。张邦昌听到群臣对金辽之间战事持最多的一种观点是：女真人捡了大便宜，因为辽国发生了严重的内乱，要不女真人怎么也不可能赢得这般顺利。每次有人阐述这种观点之后，他们总不忘记加上一句："你们别看女真人如今嚣张，如果女真人遇到我们大宋的兵马，只怕就猖狂不起来了。"

张邦昌觉得，同僚们的这种自信自然有他们的道理。毕竟宋国的人口远远超过女真人，双方真的对抗起来，几十个人打一个，纵然女真人再彪悍，好像也没有不败的道理，只是张邦昌总觉得大宋的军力可能算不上强大。当然每逢心里冒出这些想法的时候，他总是及时地打断自己，张邦昌必须告诉自己大宋是强大且不可战胜的。因为这才是一个忠君爱国的好臣子该有的思想。

◇◇

张邦昌可以坦然地面对自己想法的时候，已经是自己坐上原本属于宋朝皇帝的龙椅之后了。那时候的张邦昌觉得，自己身为一个叛臣，如果没有一点大逆不道的思想，好像也有点说不过去了。

◇◇

张邦昌想：大宋素来轻视与防范武官的政策，应该和当年宋朝的开国皇帝宋太祖赵匡胤有关吧。一百多年前，太祖皇帝在开封城的陈桥驿发动的那场兵变，夺走了后周的政权。

史书上说，太祖皇帝是被动地当上皇帝的。那天早晨，太祖皇帝刚起床，他的部下便将一件龙袍披在了他身上，然后在太祖皇帝没有反应过来是怎么回事的时候，部下们便一起大喊"万岁"，于是太祖皇帝便这样莫名其妙地当上了皇帝。后来太祖皇帝每次回忆这段往事的时候，总是无限叹息地说："其实这个皇帝我也是不想当的，我是被迫的。"

　　张邦昌觉得，这些记载完全可以当笑话来看，对于一个把军权牢牢地掌握在手中的人，把自己的背叛行为说得如此无辜，稍微有点脑子的人都不会相信吧。张邦昌想说，真正不想当皇帝却又被迫当皇帝的人，是我好不好？当然张邦昌还是挺佩服太祖皇帝的，因为同样是叛臣，太祖皇帝比自己的表现高明太多了。

　　张邦昌从太祖皇帝身上看到一个叛臣变成英明的开国之君的楷模。虽然这个过程是漫长的，因为总要经过几代人不停地给百姓们洗脑，然后把爱政权和爱国家混为一谈才能完成，而自己可能做不到。

　　张邦昌觉得可能就在太祖皇帝兵变的那一刻起，宋朝历代皇帝控制武将的军权策略便诞生了，因为太祖皇帝怎么也不可能让别人效仿自己的手段去夺取天下。只是太祖皇帝的那个时代，大宋的敌人很多，不但有北方强大的辽国，还有各地割据的政权，所以太祖皇帝虽然严控军权，但还不至于轻视军队。再加上太祖皇帝自身也是武将出身，因此那时候的大宋的军力并不算弱。

　　◇◇

　　张邦昌觉得，让大宋的军力走下坡路的，应该是从真宗皇帝时期开始的吧。那时候，威胁大宋的几个割据政权后蜀、南汉、南唐、吴越、北汉早已不复存在。

和辽国几番交手后，真宗皇帝决定用和谈的方式解决与辽国人的冲突。有人说，大宋在澶州和辽国达成的"澶渊之盟"，是屈辱和不公平的，因为以当时的战局来说，大宋的形势是占优的。只是真宗皇帝求和心切，所以签订了每年向辽国进贡银十万两、绢二十万匹的条约。不过也有人说，"澶渊之盟"之后，宋辽两国迎来了一百年的和平，仅仅从经济上说，并非不合算。

张邦昌觉得这些观点都有道理，只是他觉得自己无从判断"澶渊之盟"的是与非，因为很多事情无法用是非来衡量。因为任何一件好的事情都有可能带来意想不到的负面结果，就好像和谈带来的和平，虽然换得了百姓的笑容，但相对地让宋国和辽国渐渐失去了危机意识。

张邦昌觉得在"澶渊之盟"签订的一百年后，如果兵祸降临，大宋这只被驯化了百年的猛兽，可能已经失去了抵御的能力。

◇ ◇

金国人要求和大宋联手灭辽的时候，徽宗皇帝同意了。徽宗皇帝的这个决定，群臣中不少人都是支持的，张邦昌也觉得挺好的。因为从太祖皇帝开始，大宋的历代帝王都有一个情结，那就是收复辽人占据的燕云十六州。只是碍于辽军的强大，所以大宋一百多年来也未能如愿。而这一次却是绝顶的好机会，因为辽人在金国人强大的攻势下，早已丧失了斗志。如果顺利的话，失去了百年的燕云十六州便可以回归宋国。

而此时的辽国，更像一只生了病的老虎，除了任人宰割，还是任人宰割。张邦昌记得有位反对灭辽的同僚说，我们和辽国已有百年和平了，怎么可以在这种时候落井下石呢？

张邦昌听完他的话，便忍不住偷笑了。因为通常呐喊"不可落井下石"这个口号的时机，是在强壮的对手没有掉到井里之前，它的用途主要是用来迷惑对手。一旦对方真落了水，便只有痛打落水狗的道理起作用了。

◇ ◇

当然，在很久之后，张邦昌才发现，和金兵一起讨伐辽国的决定是错的，因为被金国打得节节败退的辽军，在面对兵力占据极大优势的宋兵的时候，却又变成了常胜将军。曾经被金国看作优秀合作者的宋国，也在这些战役中露出了孱弱的本质。张邦昌始终不明白，为什么十个宋兵会打不过一个辽兵。张邦昌觉得，辽国人应该也有同样的疑问吧，为什么十个辽兵却打不过一个金兵。

张邦昌后来想，如果不是那些不光彩的失败，或许宋朝这头虚弱的大象，还可以在金人面前多伪装几年。

◇ ◇

金兵打到汴梁城下的时候，大宋的君臣这才慌了神。张邦昌一直是议和的支持者，因为这个主张，他被人骂了很多次。他听到了人生中最多的脏话，他相信自己曾经被人在背地骂过的次数一定不少，但是像如今这样被人指着鼻子痛骂，被人当面说自己是个没有道德的叛臣却是少有的。

◇ ◇

张邦昌知道在主战派眼里，主和派的所有人都是垃圾和胆小怕事的叛徒。张邦昌也反思过自己的态度，但是他发现所谓的死战到底，并不是像主战派所说的那样一定会有一个完美的结局。

因为徽宗皇帝的奢靡，原本不错的大宋经济，早已陷入了低迷。而那些主战的人眼里的数量众多且武器精良的军队，早就在层层的贪腐中变成了空架子。至于庞大的军费，早就变成了官员口袋里的空饷。

张邦昌觉得，将国家带入深渊的可能就是这些盲目乐观的主战派，他们盲目地信任自己的实力，以为自己真的战无不胜。可如今宋国的实力，真的不是那些逢迎拍马的大臣向徽宗皇帝描绘的那样强大。如果这样去迎战士气高涨的金兵，只怕迎来的是百姓们更悲惨的命运。

◇ ◇

张邦昌知道自己的主张，触碰的不完全是大宋虚弱兵力的真相。他触动的还有某些君子的道德底线。可是张邦昌不觉得，从道德的角度出发可以成功解决一个现实的问题。他甚至觉得，以道德的方式去解决现实问题，只能得到一个既不道德也不现实的结果。

当然张邦昌从来不敢向这些主战派太直接地表达自己的想法。因为他害怕在御前侍卫未到来前，自己便被这些人给围殴了。张邦昌知道，虽然自己的这些同胞与侵略者对战的时候会展现温柔的一面，但他们攻击起自己同胞的时候却从来不含糊。

◇◇

张邦昌与康王赵构熟悉起来，是他们一起去金营议和的时候。说实话，在此之前张邦昌并没有太过注意过赵构。他觉得，赵构虽然是徽宗皇帝的第九个儿子，但像赵构这样，母亲出身不高，也没有任何背景的皇子，此生最好的结局，可能就是封一块离京城远远的地，安安稳稳地当一辈子王爷。

◇◇

对于这样一位没有前途的皇子，张邦昌觉得能做到不与之为敌便足够了，完全不需要太过奉承和追捧。当然张邦昌也是想和所有的皇子建立好人际关系的。只是徽宗皇帝这个人，除了把国家治理得一团糟，就连生儿子他也是没有节制的。张邦昌觉得自己如果想同时处理好徽宗皇帝三十多个儿子的人际关系，只怕新皇帝还没有确立，自己就因为心力交瘁而顶不住了。

◇ ◇

张邦昌说服金人退兵之后，他在金人军营里的表现，被同僚们诟病得很厉害。同僚们说，张邦昌在金人的军营里吓得动不动就哭，将大宋的颜面丢得一干二净。与张邦昌的表现相对比的是康王赵构，那一年赵构还是一个十九岁的年轻人，可是他在金营里镇定自若的表现绝对值得称道。

张邦昌听到这些指责后其实觉得挺委屈的，他觉得自己作为一个文艺气息浓厚的文学青年，情绪波动较大也应该是值得谅解的。至于康王赵构这个可以拉开近 250 斤重的弓的野蛮家伙，他根本就不了解金人的可怕，他表现镇定的真相其实是他对时局的懵懂，对事态迟钝的反应。张邦昌坚信，用不着几年，赵构便会像自己一样懂得畏惧了。

◇ ◇

张邦昌后来回想起宋朝的亡国，心中总是觉得这个悲剧钦宗皇帝多少也有些责任。早在金兵第一次入侵中原的时候，没有担当的徽宗皇帝便将自己的皇位传给了自己的长子钦宗皇帝。也许用割地赔款来换取和平的策略并不符合钦宗皇帝最初的打算，所以金人撤退后不久，宋朝便开始密谋对付金国。宋朝甚至还企图策反一位前几年投降金国的辽国旧臣，只是策反未成功，反而被金人找到了二次进攻中原的借口。

◇◇

张邦昌觉得，一个人如果能力差，其实并不是一件特别让人绝望的事情。因为如果你可以认清自己，找到合适的定位，那么在广阔的天地是可以找到自己的位置的。真正可怕的反而是那些能力低下却又没有自知之明的人。就像钦宗皇帝一样，明明没有足以抗衡金国的能力，却又莫名其妙地撩拨金国，最终让整个国家沦陷。

◇◇

张邦昌想，也许徽宗皇帝和钦宗皇帝被金国人俘虏押送去北方以后，他们会反思自己的过去，他们会知道自己曾经的盲目给国家和自己带去了怎样的后果。

张邦昌觉得，如果钦宗皇帝不是那么急切地和金国撕破脸，可能不需要特别漫长的等待。因为以宋朝的国力和财力，只需要在屈辱中煎熬几年，也许如今发生的一切都有机会逆转。

不过张邦昌也知道，也许永远只是也许，"也许"永远是一个用来反省和烦恼的词汇。因为当一件事情永远无法变成现实之后，它才能变成也许。

◇◇

汴梁城被金兵攻破后，宋朝的群臣慌作了一团。对于大多数人来说，这场失败来得太快、太突然。当宋朝群臣那些曾经有过的自尊心荡然无存之后，恐慌便降临到了每一个人身上。

金国抓走了徽宗皇帝和钦宗皇帝，只是对中原风土人情很不熟悉的金国人来说，长期驻守中原并不是一件简单的事情，或许选择一个胆小怕事的傀儡皇帝替他们掌控中原才是最好的决定。

宋齐愈从金营谈判回来后，带回了金国人希望由宋朝的群臣推举一个非赵氏子孙的臣子来做中原皇帝的信息。张邦昌知道，金国人所说的推举，完全是一种外交辞令。宋朝的大臣们必须为金国选出一个替罪羊，否则后果不堪设想。张邦昌不知道金国人心中的意向会是谁，但他知道无论这个人是谁，这人奸臣的罪名便再也洗刷不掉了。

　　张邦昌揣测着朝中每个人当上傀儡皇帝后的反应，可能会有人委屈，也可能会有人得意。他觉得如果这个人是自己，也许逃亡才是更好的选择。

　　◇◇

　　宋齐愈的手掌中出现"张邦昌"三个字的时候，张邦昌吓坏了。他仔细想着自己的名字会出现的原因，他知道自己名字的出现绝不是巧合。他觉得应该是上次和谈中自己胆怯的表现被金人看到了。他想：早知道是这样的结果，我上次怎么也要假装很淡定。

　　张邦昌跌倒在地上，一小半是因为自己的腿真的有点软了。当然更多的原因是希望通过自己的演技渡过眼前的难关。他半闭着眼睛瘫倒在地上，心里只是希望有几位有良知的同僚可以无限同情地望着自己，然后对其他人说："你们看张邦昌都成这样了，估计很难登基了，不如我们再推举一位新的候选人吧。"

　　张邦昌不确定自己装昏迷的这招会不会成功。就在前一年，金人的军队逼近汴梁城的时候，徽宗皇帝执意要将自己的皇位传给钦宗皇帝。钦宗皇帝接过圣旨的时候，也这样哭得昏了过去。只是钦宗皇帝的表演不成功，最后被几位大臣抬进皇宫，强行接替徽宗皇帝的皇位。

张邦昌觉得装昏迷这么好的一个方法，每装两次总要成功一次吧，既然钦宗皇帝失败了，这次自己该成功了吧？

◇◇

宋齐愈蹲在张邦昌的身边，看着闭着眼睛但眼球在动的张邦昌说："金人说了，如果三天内张邦昌不登基，他们就杀光汴梁全城的百姓。"张邦昌缓缓地睁开眼睛，努力地让自己恢复神志的过程显得自然点。张邦昌原本决定，这次演出的内容是就算被人用针去扎自己脚趾，自己也绝对不醒来的。不过这次宋齐愈直接把这根针扎在了张邦昌的心上。

◇◇

金人即将屠城的消息，在汴梁城里以不可思议的速度传播着。每一天，张邦昌的府第前，都会围着许多请愿的百姓。张邦昌知道自己必须接受如今的现实了，他曾经期待自己可以决定命运，可命运并不在自己的手中。

◇ ◇

张邦昌缓缓地走向自己人生的顶点，虽然他觉得，没什么比今天发生的事情更糟糕了。

张邦昌知道，那张承载着无数人追求的龙椅终于要属于自己了，虽然它从来不是自己的梦想。张邦昌环顾四周，每个人曾经出现过的紧张情绪，都放松了许多。张邦昌知道，在每次错误产生之后，都需要有个冤大头来顶罪。如果这个冤大头是别人，那就是一件值得庆幸的事情。

如果这个冤大头是自己，那也是一件值得别人庆幸的事情。张邦昌知道如今的自己让每个人都感到庆幸。

◇ ◇

张邦昌远远地听到了锣鼓声。他知道这是汴梁城中的百姓为自己登上皇位而组织的庆典。他还知道那些欢呼声全部发自内心，因为自那一天起，汴梁人提心吊胆的生活状况暂时告一段落了，当然除了自己以外。

张邦昌觉得自己虽然即将成为一个奸臣，但这么"深得民心"的奸臣，估计也是少见的吧。

◇ ◇

金人撤走的那天，带走了徽宗皇帝和钦宗皇帝、众多的赵氏子孙以及大量的朝廷重臣，当然还有他们从汴梁城搜刮走的财物。张邦昌带着城中的百姓，跪在汴梁南门放声痛哭。很多人说，大楚皇帝张邦昌虽然被迫当了皇帝，但他心怀故国，这场痛哭情真意切。不过还有很多人认为，张邦昌今天的哭泣完全是做做样子，只是想为自己留条后路。只有张邦昌自己知道，他们说的都不对，自己的哭泣是真的，自己只是在为自己的命运哭泣。

◇ ◇

张邦昌知道宋朝的赵氏没有灭绝，因为还有一个不在汴梁城中的赵构。张邦昌从来没有把赵构当成自己的敌人，虽然他觉得自己如今的立场已经是赵构的敌人了。张邦昌知道，在金人离开之后，赵构才是宋朝臣民们心中名副其实的帝王，而自己，虽然也曾经是许多人的希望，但终究是一个备用品，是一块用来包扎伤口的碎布条，不管它曾经有过多么重要的作用，但终有一天会被人丢在路边，连望都不会望一眼。

◇ ◇

张邦昌不知道赵构会怎么看待自己如今的行为，虽然在当皇帝的这些天里，他很多次用自己的行动表明了自己被动的立场。除了在金国人面前，张邦昌从不敢使用皇帝的礼仪，甚至还毕恭毕敬地请出了年老的元祐皇后垂帘听政。

张邦昌不知道自己所做的一切，是否最终会成为自己保命的理由，但也许自己所说所做的一切根本不重要。因为决定自己生与死的其实是朝堂上政治的博弈，而不是谁有忠心谁有无奈。

◇ ◇

张邦昌见到宋高宗赵构赐死自己的诏书，是在自己将皇位放弃后的几个月。张邦昌记得几个月前，赵构对着前来投奔他的自己承诺：要赦免所有被金国胁迫效力的臣子。赵构那时候还说，张邦昌临机应变，敷衍金国的行为，对国家的功劳很大。

张邦昌曾经以为自己渡过了人生中最大的劫难。可最终赵构还是找到了其他的理由，让这个曾经共享过自己天下的臣子，不再存活在这个世上。虽然张邦昌只不过做了三十多天的皇帝。

◇◇

张邦昌其实预见过自己的命运。他曾经很多次向往着自己变成一个老爷爷，对着自己的子孙们诉说年轻时那些惊心动魄的经历。但就在他决定放弃皇位的时候，他便已经猜想到自己可能无法走到自己向往的那个完美结局了。

◇◇

张邦昌知道在未来的岁月中，有人提到自己的名字时，会伴随着许多的骂声。他理解他们的立场，有什么比痛斥一个叛臣更能展现自己的气节呢？他并不指望有人会当众表达对自己的恻隐之心。谁会为了一个与己无关的人，去展现自己不那么热血、不那么爱国的一面呢？

◇◇

张邦昌其实一直都知道一个如何让自己活下去的方法，那就是做一个真正的叛臣，在金人的保护下，对南宋、对赵构耀武扬威。可是张邦昌知道自己其实不是一个叛臣，虽然没有人愿意相信。张邦昌甚至觉得自己可能是一个不错的人，因为自己心中一直记挂着同胞们的安危。

◇◇

张邦昌有点不忿自己的结局，为什么大家一起做错了事，有人成了忠义的大英雄，而自己却落了这样的下场。张邦昌太清楚这个结局，只是因为自己承担了那些英雄豪杰不愿意承担的责任。在他们的心中，名声永远比人性更重要。

◇◇

张邦昌觉得会有人为自己的命运感到遗憾，至少汴梁城里几十万被自己救下来的百姓，当中可能会有一些人在某几个闲暇的夜晚想到自己，想到那个无奈地接受命运安排的张邦昌，想到那个必须要做"叛臣"的张邦昌。

张邦昌知道这种怀念不会持续太久，在每个人短短几十年的生命后，在所有的当事人离开之后，关于自己的故事便不会再被人关注了。

张邦昌知道自己这段有点苦涩的人生，最终会变成一份历史的药渣被后世的人埋葬掉。他觉得人性就像一盒各色的颜料，有红色、有蓝色、有黄色，还有黑色与白色，而我们每一个人的人生都是用这些颜料描绘出的彩色图画，所不同的只是图画艳丽些或黯淡些。历史一直企图把所有人用黑色和白色来区分。可这世界从来都没有单纯的黑色与白色。

◇◇

张邦昌承认自己的人生出现过很多的错误，但他坚持认为那是体制的错，时代的错。他很想说：这不是我的错。

说《张邦昌说》

宋史中有一段叛臣记载，排名第一的便是张邦昌，只是对于被命运戏弄却又无可奈何的张邦昌来说，这样的评价并不公平。

张邦昌有很多机会变成一个真正的叛臣。而如果做出了这样选择的张邦昌，他的人生有着极大的可能会改变自己真正的命运，因为在金国的大力扶持之下，张邦昌的大楚政权会在军事上相对于新建立不久的南宋政权有着压倒性的优势。

张邦昌原本可以选择在唾骂声中，舒适滋润地度过一生。可是他轻易地放弃了这份唾手可得的安稳人生，他内心的忠诚感帮他做出了选择。

张邦昌必然不算一个热血勇士，他懦弱又卑微，却又不乏良善。如果错过那个无助的时代，张邦昌原本可以成为一个让后人称颂的治国良臣，但在那个注定需要牺牲品的时代，他被推送到了一个自己最不向往的位置，去承担不应该属于他的一败涂地的人生。

孱弱的南宋，最终拥有了150余年的历史。不得不说，南宋的命运与成功能联系在一起不是必然的，太多太多的人，在某一时某一刻做出的选择，让南宋不可思议地存活和延续了下来。很显然，张邦昌是其中的一个。

郭圣通说

参考文献

《后汉书》卷一《光武帝纪》
《后汉书》卷一〇《皇后纪》
《后汉书》卷一四《宗室四王三侯列传》

郭圣通很久以前就揣测过自己的婚姻。郭圣通知道，自己的婚姻由不得自己做主，因为对于生于王室中的女子来说，婚姻绝非只有两情相悦或媒妁之言。王室中女子的婚姻应该包含着更多更重要的意义，它应该影响着许多人的命运，它更像是一场为无数与己无关的人举行的仪式，而自己只是这场仪式的执行者。

至于那些平民婚姻里最重要的爱情，更像是这种婚姻里不确定的赠品，运气好的时候会有，运气不好的时候就没有。

郭圣通那时候便想过，自己未来的夫君会是什么样的人呢？是一个权倾一方的老头子？又或是某个世袭王侯家的纨绔子弟？还是什么自己想不到的人物？

郭圣通几乎可以认定，自己的一生可能不会有爱情了，自己和那个称呼为夫君的人之间的关系，可能仅仅是以相互需要维系着。郭圣通觉得自己未来的另一半如果是一个让自己不太恶心的人，那么就应该感慨自己的好运气了。

但郭圣通没想到自己会遇上被人追打得四处逃窜的刘秀，她更没想到自己会在一场以政治为目的的婚姻中，嫁给了一个自己喜欢的人。

◇ ◇

郭圣通觉得自己嫁给刘秀的时机，堪称恰到好处。

因为对于很多人而言，郭圣通的那场婚姻是一场完美的结合。在纷繁的乱世、群雄并起的时代里，郭圣通和兵力弱小但名望不错的刘秀结合，预示着刚刚融合在一起的满是猜忌和疑惑的两股势力，可以凝结成一股让任何人不能小觑的力量。

◇ ◇

郭圣通的夫君刘秀是高祖刘邦第九代孙，如果没有王莽的弄权，刘秀原本可能只是一个血液里粘着帝王家血脉的乡野财主。但在那个飘忽不定的岁月，命运总不会循着所谓的人生行走，每个人都有更多将可能变成不可能的机会，而刘秀便成了其中的一个不可能。一向平和无争的刘秀，居然跟随着哥哥刘縯成为一群颠覆时代的反贼中的一员。

◇ ◇

郭圣通遇上刘秀的时候，刘秀正在人生中的最低谷徘徊。那一年，刘秀兄弟辅佐的更始帝刘玄，因为忌讳刘秀的哥哥刘縯的能力和威望，设计诱杀了刘縯。

◇ ◇

郭圣通的舅舅刘杨曾经对刘秀在哥哥被杀之后的表现大加赞赏，因为当时没有能力自立为王的刘秀第一时间便赶回了更始帝所在的宛城谢罪，与旁人提到刘縯的时候，更是不露出丝毫的悲伤。

郭圣通后来听刘秀说过那段往事，刘秀说自己哭过，只是每当夜色浓重到可以遮住那些不怀好意的目光的时候，那些原本属于为哥哥流的眼泪才能坦然地流出来。

郭圣通觉得自己的夫君是个了不起的人物，在每阵无声的痛哭之后，刘秀总能微笑着推开透入晨曦的门。

郭圣通也觉得自己的夫君是一个强大的伪装者，或许这样才能在步步杀机的处境里，去骗取仇人的信任，让自己活下去，让自己保存为家人复仇的能力。刘秀做到了绝大多数人不可能做到的事情。

◇ ◇

刘秀之所以会出现在郭圣通的生命中，是因为急于摆脱更始帝的刘秀接受了招抚河北的任务。

招抚河北并不是一个美差。在王莽政权结束后的乱世，天下群雄割据，劝降小势力显然是一个比武力征服更妥善、更完美的解决方法。

可在那个野心泛滥的时代，说服别人归顺，同样是一件满是危险且也不容易办到的事。

◇◇

刘秀的选择有太多的不得已，因为即便刘秀暂时瞒过了更始帝自己的真实心意，但留在更始帝身边的时间越久，暴露的机会显然就会越多。以更始帝的猜忌心，随着天下的稳定，实力的增强，终有一日杀掉刘秀——永绝这个可能爆发的隐患，一定会变成更始帝的最好选择。或许只有那样才能让更始帝不用再猜测刘秀的心中是否还有他淡定笑容卜看不出的仇恨。

◇◇

更始帝对刘秀的任命自然充满着小心——没有兵，少得可怜的随从。只有这样的配备，才能让更始帝放心地任由才能出众的刘秀远离自己的视线之外。至于刘秀在招抚过程中可能遇到的艰险，自然不在更始帝的考虑之中。

◇◇

刘秀在遇见郭圣通之前，遇上了人生的又一大劫难。

那一次，河北有一个叫王郎的算命先生，假冒汉成帝的儿子刘子舆，自立为皇帝，王郎更是以十万户爵位为代价，悬赏捉拿更始帝的使者刘秀。

面对拥有半个河北兵力的王郎的追杀，只有几千人马的刘秀最好的选择莫过于联合河北境内没有归附王郎的势力。而拥有十几万兵力的郭圣通的舅舅刘杨无疑是其中最有实力的一个。

◇ ◇

舅舅刘杨选择和刘秀联姻，看中的是刘秀的领导才能。在见到刘秀之前，刘杨也曾对自己和王郎的关系应如何处理犹豫不决：自己的兵力不足以对抗王郎，自己的名望不足以号令天下，但是屈居于一个算命先生的麾下，显然也是不能容忍的。所以，用一场婚姻将自己和刘秀绑定在一起，成了刘杨最好的选择。

◇ ◇

郭圣通嫁给刘秀之前，便知道有一个叫阴丽华的人存在了。郭圣通听说，这人是刘秀在家乡娶的夫人。

有关于阴丽华和刘秀的故事，郭圣通耳闻过一些。据说阴丽华很漂亮，自己的夫君刘秀在年少时第一眼见到阴丽华，便发了感慨："娶妻当得阴丽华。"

◇ ◇

只是郭圣通觉得有关于刘秀和阴丽华之间的传闻，应该有夸大的意味。那些传闻中刘秀和阴丽华之间的爱情，更像是粉饰过的传说。

所谓传说，其实只是将现实中那些美妙片段无限放大后的产物。郭圣通相信，刘秀当初见到阴丽华时，那一眼的悸动，可能早被时光冲淡得像一杯无味的白开水了吧。

◇ ◇

郭圣通觉得这可能是自己的爱情故事里，一个应该容忍的小瑕疵吧。郭圣通并不惧怕和任何人做比较，因为她觉得自己还算不错，有漂亮的外表，高贵的出身，甚至没有宗室家庭里出身的女人常常会有的骄纵性格。

郭圣通很有信心，自己有一天会分享甚至占据那个叫阴丽华的女人在刘秀心中的位置。只是自己必然不会像个妒妇一样亏待她。因为嫉妒本是失败者专属的情绪，它本不该属于自己。

郭圣通觉得，自己嫁给刘秀的那天，是自己人生的转折点。刘秀对自己很好，即便政务繁忙，也不忘记陪伴自己。刘秀没有在自己面前提过阴丽华，郭圣通觉得，那个已经和刘秀分离多年的原配妻子，所拥有的可能也只是一个名分罢了。

郭圣通觉得，自己嫁给刘秀的那天，同样也是刘秀的人生转折点。因为有了舅舅刘杨的兵力以及郭家全力的支持，刘秀从人生的最低谷开始崛起。面对着依然比自己强大的伪皇子王郎，刘秀的反击力度惊人，短短数月刘秀便攻陷了王郎的都城邯郸。

刘秀的政治手段也因此得到了充分的发挥，整个河北几乎成了刘秀的势力范围。

◇ ◇

刘秀的崛起自然也引发了更始帝的担忧，更始帝急召刘秀回去复命，更是另行派人驻军河北，企图将刘秀刚刚建立的势力削弱。

郭圣通曾经担忧过刘秀所处的进退两难的局面，因为如果奉诏，再次回到更始帝身边的刘秀，便极有可能重演他大哥刘縯当年所发生

的故事。毕竟如今的刘秀对更始帝的威胁，已然超过了当年他大哥刘
縯带给更始帝的。而如果不奉诏，实力依然不及更始帝的刘秀，必然
要背负反叛的罪名，最终可能深受既失民心又丢武力的双重打击。

◇◇

只是刘秀的处理方式，要远比郭圣通想象的圆滑。刘秀的好运气
也远比郭圣通想象中的更好。刘秀找出种种借口，迟迟不肯奉诏回都。
而不久之后，更始帝的身边发生了内乱，更让刘秀找到了最合适的机
会登基称帝。

◇◇

郭圣通见到阴丽华的时候，觉得她本人比自己想象中的要完美很
多。在郭圣通的心中，阴丽华的样貌应该如同她的出身一般，是一个
有几分姿色的小家碧玉。

但是阴丽华斯文端庄又不失大气的举止，让郭圣通心中生出了几
分警觉。更让郭圣通担忧的是刘秀的态度，在她心中勾勒出的那两个
久未谋面的人之间的生分和疏远的场景，完全没有出现过。反而是那

种久别重逢的激动，是郭圣通从来没有在刘秀身上体会过的。

郭圣通居然清晰地察觉到，刘秀对阴丽华的喜爱可能胜过自己。因为同样的关切、同样的爱怜，刘秀对阴丽华总显得那般的自然顺畅。而到了自己身上，那例行公事的做作感却被刘秀对阴丽华的态度衬托得像是一场表演。

郭圣通希望那种感觉只是错觉，只是她的直觉告诉自己那种感觉并非错觉。

◇ ◇

唯一值得郭圣通庆幸的是阴丽华对刘秀立后的态度。虽然刘秀也曾在郭圣通和阴丽华之间犹豫过，但阴丽华仿佛真的对这个位置没有觊觎之心。郭圣通听说阴丽华在刘秀的面前极力推荐立自己为皇后。

郭圣通不觉得自己最终得到的皇后之位是阴丽华相让而来的。毕竟自己的家人对刘秀的支持是关键性的，而且自己已经为刘秀诞下了皇子，阴丽华却还未有所出；同时，自己高贵的出身更有母仪天下的资格。

　　但不管怎样，对于阴丽华的态度，郭圣通还是充满着庆幸，她无法想象自己和阴丽华为了皇后之位撕破脸皮明争暗斗的场景。

　　◇◇

　　郭圣通觉得刘秀人生中所有的劫难可能在遇到自己之后便结束了，因为从那以后，刘秀称霸天下的过程顺利得惊人。先是在河北降服了数十万的铜马军，而后在更始帝被赤眉军杀害之后，刘秀更是自然而然地成了最让天下信服的刘氏子孙。再之后，刘秀击溃了称霸山东的赤眉军，成为中原地区最大的霸主。

　　◇◇

　　刘秀每一次的胜利，郭圣通在庆幸之后，却总有些失落。当越来越多的人聚拢在刘秀身边的时候，郭圣通便开始怀念起刘秀的身边只有舅舅的兵马和郭家人辅助他的时光。而如今自己和郭家对刘秀而言已然不是那个最强有力的支柱了。

　　郭圣通悲伤地觉得，自己在刘秀心中的地位，也和郭家的支持力一样，慢慢地从独一无二变成了可有可无。

郭圣通知道自己幼稚又自私的想法是源于越来越无法控制的不自信。阴丽华从来不和自己争什么，当初的皇后之位是如此，后来的太子之位也是如此。可是刘秀的爱始终在她的身上。郭圣通觉得自己和阴丽华之间，自己更像一个强者。但在一场爱情中，胜负却不是由能力的强弱来决定的。至少对刘秀来说，他更愿意成为一个保护者，保护那个处处受委屈、处处忍让的阴丽华。而看似什么都得到了的自己，却失去了自己最想得到的东西。

◇ ◇

在打败了最后两股可能威胁到自己政权的势力——陇地的隗嚣和巴蜀的公孙述之后，郭圣通和刘秀的关系终于开始恶化了。

◇ ◇

郭圣通也知道刘秀开始不喜欢自己的原因。或许任何一个男人都不会喜欢一个总是爱抱怨的女人，更何况自己的夫君是一个君临天下的帝王，是一个已经习惯了被崇拜被敬仰的至尊者。

可是郭圣通依然忍不住要计较那些自己已然没有能力掌控的点点

滴滴。她总在争吵后的冷静时期提醒自己，自己正在用尽一切力量把自己的夫君推向自己最不希望他去的方向。但下一次的会面，郭圣通依然忍不住要喊出自己心中压抑已久的委屈。

等到郭圣通与刘秀争吵的次数越来越少的时候，她反而开始怀念之前和刘秀争执的日子，因为那时候自己至少还能见到刘秀。

◇ ◇

听到刘秀废后的决定，郭圣通并不感到意外。废后的诏书上说自己怨言太多，德行不够。

刘秀对自己并不算太坏，自己没有像那些曾经被君王无情抛弃的皇后们一样，终身孤老在冷宫里。相反的，自己得到一块封地，可以安稳地度过没有刘秀的晚年。

有时候郭圣通希望刘秀索性是一个狡诈冷血的君王，那么自己就不会喜欢他，一切痛苦的根源便没有了。

◇ ◇

郭圣通在离开皇宫的路上，忽然觉得自己是人生的失败者。

其实早在刘秀闯入自己人生的时候，自己就应该知道，自己和刘秀之间，爱情并不是必需品。自己人生最好的结局原本应该是在辉煌的宫殿里，占据着虚荣但又紧要的名分，然后重复又重复地诉说着冠冕堂皇的话。可自己偏偏期望着守着一个一心一意的夫君，过着不切实际的普通人家的日子。

郭圣通相信，阴丽华和刘秀的爱情是会被人传诵的，那是以德行名扬天下的刘秀身上又一个被人称道的故事，对原配不忘初心，是多少在人生最美好时节的女子所向往的故事。

可郭圣通又不免要委屈，自己何尝不是在那个男人最无能为力的时光里，义无反顾地跟着他呢？可为何自己最终只能成为一个被遗忘被抛弃的角色。

郭圣通想起多年前刘秀和自己还不相识时的一场伪装。那一年刘秀用一个淡然的微笑，遮住了失去亲人的悲痛，骗过了刘玄。

郭圣通想，也许刘秀伪装的技能后来也曾使用过，只是身在局中的自己一无所知。刘秀用一场仿佛真挚的爱，骗去了舅舅十几万兵马。

郭圣通想，或许刘秀从始到终也没有真正地喜欢过自己，在经历过无数次的表演之后，刘秀终于下定决心要变回真实的自己了。

郭圣通想，这一次刘秀一定是太累了，以至于不肯将自己驾轻就熟的表演继续下去。这一场不需要珍惜的缘分走到了尽头，刘秀留给自己的只有一个愈发微小的背影。

◇ ◇

郭圣通并不介意自己在一个伟大的爱情故事里做一个旁观者。可她介意的是，自己成为的却是那个故事里的闯入者以及一个没有人同情的失败者。

◇ ◇

郭圣通曾经觉得自己会拥有一场有着小瑕疵的美好爱情，可原来自己才是那场美好爱情里的瑕疵。

郭圣通想：原来宿命就是宿命。

说《郭圣通说》

有时候，看起来位高权重的人往往最是身不由己，因为他们背负与承担着太多维系他们权威的负担。就像那些出身于权贵家族的女子们，她们的人生几乎绕不开以政治为目的的联姻，而郭圣通便是她们中间的一个。

郭圣通不是政治婚姻中最倒霉的一个，至少在她失去了皇后位置之后，她所受到的待遇远胜历史上绝大部分被废的皇后。

建武十七年（公元41年），郭圣通在登上皇后宝座的十六年后被废，封为中山王太后。两年以后，郭圣通的儿子，也就是光武帝刘秀的长子刘疆被废太子位，郭圣通再次改封为沛太后。

在诸多开国皇帝中，刘秀的性格属于宽厚仁德的。所以在郭圣通被废后，郭氏一族也没有因此受到牵连，至于长子刘疆被废，也是出于他本人的多次请愿，而非受刘秀强迫。刘疆的选择必然也是无奈之举，毕竟母亲失去了在父亲心中的地位之后，再想掌控太子之位，已然变成了一件并不容易完成的事情，或许将太子之位退让给阴丽华的儿子，才是刘疆最好的选择。

史书上关于阴丽华的记载也是极尽溢美之词，如宽厚仁爱。但从她与郭圣通、刘秀三人的故事来看，阴丽华的城府显然是胜过郭圣通的，所以与一个背景、家世和地位都胜过自己的郭圣通的暗战中，阴丽华最终逆袭，几乎得到了本该属于自己甚至本该不属于自己的一切。

郭圣通、刘秀和阴丽华三人之中，郭圣通是去世最早的一个。在被废独居的十一年后，郭圣通去世。

不知道刘秀得到郭圣通去世的消息时会有怎样的情绪，是伤心是亏欠还是莫名的失落感？当然，任何的结果对于郭圣通来说，都已经不再有意义了。

田忌说

参考文献

《史记》卷六五《孙子吴起列传第五》

田忌和孙膑成为知己以后，常常一起饮酒。

有一次孙膑问田忌："你第一眼见到我的时候，是什么样的印象？"

田忌歪着头看着孙膑的脸很久，然后憋着笑声说："那时候我觉得我眼前的这个人，有一天一定会名动天下。"

孙膑也一样歪着头看着田忌，用带着微微醉意的语气对田忌说："我要听实话。"

田忌终于忍不住笑了，他说："我第一次见到你的时候，觉得你是一个臭要饭的。"

这一次，田忌很肯定自己说的是实话，因为那天孙膑的样子，确实只能用臭要饭的来形容。

把孙膑带去田忌身边的，是齐国出使魏国的使者。田忌记得那只是一次例行的外交行为。可是那个使者却带回来了孙膑。

田忌大体知道孙膑的情况，听说他有些才华，是魏国将军庞涓的同窗。田忌想，以庞涓的才能，他的同窗应该也不至于差到哪里去吧。可是没有双脚、穿着破旧、头发凌乱的孙膑出现在田忌眼前的时候，田忌还是禁不住失望了。

田忌觉得虽然孙膑的外观很一般，但他至少应该是一个辩论家，就是那种可以围绕任何话题滔滔不绝地说上两个时辰，同时让听的人都不感到疲倦的人。可是孙膑的话并不多，甚至可以算得上是个闷葫芦。

田忌失望之余安慰自己，反正自己怎么也算是个名门望族，权当家里养个闲人吧。不管怎么说，和同僚们聊天说自己家的门客的时候，也可以充个数。只要大家不见到孙膑本人，那么魏国将军庞涓同窗的头衔也是挺唬人、挺拉风的。

◇ ◇

让田忌改变了自己对孙膑印象的是一场赛马，一场田忌对阵齐王的赛马。

对于齐王设置的赛马比赛规则，田忌一直不是很满意，因为田忌觉得这样比赛并不公平。齐王把马匹分成了三等——上等、中等和下等，比赛的时候，便分成三场较量——上等对上等、中等对中等、下等对下等。

在那场比赛之前，田忌已经输给了齐王无数次了，因为天下的好马都是让齐王挑一圈剩下了才轮到田忌选。所以不管上、中、下哪一等，田忌胜利的概率微乎其微。偶尔碰到一两匹当天身体状态不好的马，也不影响三局两胜的结局。

田忌输的不仅仅是面子，其实还有大把金钱。

田忌有时候觉得齐王是故意的，表面上重金养着手下的臣子，实际心中舍不得。于是每个月便通过此等手段把支付出去的俸禄又收回一些。

可是比赛开始的时候，田忌还是要一场不落地参加。不去，不是太不给齐王面子了吗？

但那一天田忌胜了，因为孙膑告诉田忌一个方法。那就是用自己的下等马当炮灰去对阵齐王的上等马，然后用上等马对付齐王的中等马，再用中等马对付齐王的下等马。接着戏剧性的一幕发生了，田忌用三匹脚力不快的马胜了齐王两局。而齐王在震惊中接受了失败的事实。

田忌开始对孙膑有了兴趣，他忽然觉得孙膑看起来已经不像当年那么碍眼了。田忌不知道是看多了看习惯了，还是因为孙膑那场赛马比赛帮他赢了千金赏赐的缘故。

他忽然很想了解这个人，了解曾经属于他的故事。

◇◇

孙膑并不常说往事，所以田忌对孙膑的了解只能从零碎的传言与孙膑不经意说出的只言片语中获得。

可当那些散落的碎片慢慢地拼凑成一段不堪回首的往事后，田忌真的动容了。因为在那个被封闭着不愿意打开的故事里面，有一个田忌一无所知的孙膑，还有一个与田忌想象中格格不入的庞涓。

如果说在那段往事里面，那个年少志高的庞涓多少和这个如今才倾天下的庞涓有些相似，那么田忌就很难把那个多才洒脱的孙膑和如今这个断了双腿、沉默寡言的他联系在一起。

田忌想，应该不会有人可以从两人愉悦清朗的读书声和友爱的谈笑中，看到那段即将用血和泪水书写而成的故事吧。

田忌相信，庞涓去魏国求仕的那一天，孙膑定然会祝福的。

那天庞涓说："有一天我会让天下人都知道我庞涓的才华。"

孙膑相信庞涓会成就自己的事业，虽然他对庞涓的信心并无依据，毕竟在此之前，孙膑和庞涓所学的兵法都只是纸上谈兵，但不久之后，庞涓便实现了自己的誓言。庞涓那些和孙膑讨论了很多次的兵法派上用途，他的才华不仅仅震撼了魏国，还使他的威名传遍了天下。

当庞涓的车马出现在孙膑家门前的时候，孙膑没有犹豫便上了车。庞涓说："我希望全天下可以知道另一个人的名字，这个人就是兵法之神孙武的子孙，他的名字叫孙膑。"

可等待孙膑的是难以想象的酷刑和百思不得其解的迷惘。直到庞涓出现在已经没有双脚的孙膑面前的时候，孙膑才解开这个谜题的答案。

◇◇

在田忌心中，孙膑是他所遇到过的最聪明的人，这个最聪明的人仿佛有看穿一切的能力。即便最微小的细节，也无法逃出他的视线，田忌奇怪的是为什么那时候的孙膑没有把握住自己的命运。

孙膑说，那是因为庞涓的答案超过了他的判断能力，那个答案并不在孙膑所能想到的最卑鄙的底线之上。

庞涓说："只有世间没有你，我才能是真正的天下第一。"

孙膑那时候才知道原来欲望可以使人无情到如此可怕的程度，人与人之间本该有的真情在欲望面前会如此脆弱地被吞噬。而每个不顾一切登上的巅峰，总有人站在最低洼的地方哭泣。只是这一次哭泣的人是孙膑。

庞涓听说孙膑疯了，据说孙膑在街头哭哭笑笑。庞涓心中虽然有疑惑，但是依然觉得可以理解，也许任何人遭遇了这样无法复原的挫折和背叛，都会一蹶不振吧。

孙膑说，如果不是齐国使者的到来，这个故事本该就这样落幕了，就像那无数个发生过让人叹息的故事一样，即便不公正、不公平，自己也只能成为其中一个故事的主角。

◇◇

在孙膑和庞涓的故事中，田忌只是一个外来人，但也正是田忌的到来，才让这个故事走向了下半场。

如果说认清真相，是这个故事上半场中的失败者孙膑唯一的收获，那么只能说这样的代价太大了。

◇◇

田忌没有想到不久之后，孙膑的对手庞涓就要和自己对决了。

在庞涓的欲望之城中，孙膑只是他登向顶峰需要跨越的一个台阶。而下一步，庞涓将统帅着魏国的兵马，向称霸天下的目标进发。不管是赵国、韩国还是齐国，他们都只是魏国的庞涓眼中的一个又一个必须跨越的台阶。

庞涓的矛头并没有指向田忌和他的齐国，他的军队向赵国的都城邯郸进发了，当赵国的求援信送到齐国的时候，齐王几乎没有犹豫地便接受了。因为每个人都知道，庞涓的目标并不仅仅是赵国，灭亡赵国的目的是为他称霸天下的梦想加上一块砖——一块建造胜利神殿的砖，一块垫在台阶上，迈向新目标的砖。而他的新目标可能是秦国、楚国，也可能是齐国。

齐王将重任最后落在了田忌身上，田忌并不缺少勇气，至少在这场并不占优势的战役里，田忌身上沸腾着热血，期待着在邯郸与庞涓的一战。

庞涓的内心一样充满恐惧，他害怕的并不是田忌，而是站在田忌身后的孙膑。虽然这个对手曾经被他百般凌辱过，甚至可以说是从此一蹶不振。但他身上拥有的神秘力量，依然足以让庞涓惊悸。

只是让田忌与庞涓兴奋且畏惧的战争并没有像田忌想象中的那样去进行。孙膑说，何必和士气与冲劲旺盛的魏国人正面比拼呢。即便我们能赶到赵国的邯郸，也未必可以打赢精锐的魏军。不如我们去攻击魏国人没有最精锐部队的地方。

田忌并不知道孙膑的方法是否有效，因为在田忌的心里，救援之战居然不在救援地进行，毕竟有些不可思议。

田忌没有把士兵派去救援赵国，而是直接向魏国的首都大梁进发了。而庞涓在接到了后方出现危机的消息后，不得不将唾手可得的邯郸放弃，回兵魏国，但在桂陵被以逸待劳的齐军打得大败。

◇ ◇

田忌一直不知道自己在孙膑的心目中是怎样的人，是恩人还是一个合作者？

可是孙膑说："我们是朋友。"

田忌在心中把时光慢慢地推向了孙膑逃到齐国前夕的那个清晨。田忌仿佛看到了那个在大梁街头爬行的孙膑。那一天孙膑已然没有了双脚，他直愣愣地看着路边的行人，有时会哭上几声，有时又会莫名其妙地傻笑和叫嚣着别人难以理解的语言。

田忌几乎可以肯定庞涓允许孙膑活下去的理由绝非怜悯，虽然他们之间曾经有那么多扯不清的千丝万缕。

庞涓享受着站在精神至高点上俯视孙膑的喜悦，庞涓觉得那是他应得的，这是上天对他庞涓的补偿。曾几何时，庞涓觉得自己也是这样，不停地被孙膑的智慧侮辱着。在庞涓的心中，孙膑如今所遭遇的和他曾经遭遇过的一样。庞涓并不希望这样的日子那么快就过去，孙膑应该承担庞涓曾经体会过的痛苦，直到他的所有希望变成绝望，然后才是剧情落幕的时刻。

但齐国的使者让一切变得扑朔迷离，孙膑一夜之后便消失得无影无踪了。庞涓觉得自己上当了，原来孙膑在街头的哭闹都是装的。这个叫孙膑的人比他想象中更为狡诈。不过这没有关系，因为庞涓相信，下一次交锋，历史便会再现，孙膑已经失去了凌驾于自己之上的能力，他永远没有机会爬到自己的头上。

◇ ◇

田忌曾经有着和庞涓一样的想法，他觉得孙膑用最高超的演技骗过了庞涓和魏国所有的人。可是就在这一天，田忌忽然明白了，原来在大梁街头哭泣的那个孙膑的眼泪是真的。因为背叛，也是因为永远不会回归的友情。

田忌原以为孙膑不会再相信友谊了，就像被蛇咬伤的人不肯去触碰井绳一样。

可是孙膑说，有些伤口可能一辈子也无法愈合，但如果因此封闭内心，或许我们一生就真的只能面对那个不停滴血的伤口了。

也许有些事情只有接受它，放下它，它才能成为真正的过去吧。

田忌以为庞涓和孙膑的故事也许不会再继续了，就像很多很多的仇恨一样，对峙着，继续着，等待着，然后终于在某个瞬间变得不再重要，再后来便湮没在历史的长河中。

可让两人再次相逢的时刻，还是到来了。这一次，孙膑与庞涓还是站在生死的搏击场上，没有谅解，只有胜负。

这一次庞涓的目标依然不是田忌和他的齐国，而是韩国。对于庞涓来说，既然目标是称霸天下，那么谁是第一个目标又有什么区别呢。因为天下的所有人，一个都跑不了。

田忌知道这次的庞涓已经和当初在桂陵被自己打得惨败的庞涓不一样了。因为这一天，距离那场战役已经整整过去了十三年，庞涓用十三年的时间打造了一支勇猛的战队，庞涓有足够的实力与能力笑傲齐国的援军。

田忌有种信心，他一直记得当年的事。既然三匹劣马都可以跑赢好马，那么有什么强有力的军队是不可战胜的呢？

这一次在两军即将交战的时候，孙膑又让田忌退避了。孙膑说，并不是前进才是代表有战斗力，士气固然重要，但是当士气转变成不可一世的轻慢，便像是强不可摧的堤坝上有了小缺口，溃堤只是时间问题。

◇◇

田忌知道，庞涓追击自己的时候，会看到一些变化，那就是齐国军队每一天在撤退路途中行军留下的灶变得少了。第一天还有十万个灶，而到了第二天只剩下五万个了，到了第三天居然只有三万个了。

◇◇

当然庞涓所见到的一切，都来自于孙膑的安排。田忌几乎可以猜测到庞涓此时此刻的心情，那就是距离胜利咫尺之遥的愉悦感。

孙膑对田忌说，只有这样做才能让庞涓相信，齐国的军队出现了逃兵，以至于吃饭用的灶变得如此之少。

田忌忽然有些明白了当年庞涓的忌惮，即便是过了那么多年，在孙膑的面前，庞涓依然像一个可以随意算计的棋子。

庞涓的绝望是发生在他丢下了步兵，只率领着精锐部队快速追击齐军之后。

田忌总是能想起来庞涓人生的最后一夜失落的表情。在马陵中了孙膑埋伏的庞涓最后站在了一棵树下，那是棵被剥了树皮的树，树干上写着"庞涓死于此树之下"。

田忌想，庞涓自刎的时候，心里一定是那么的不忿吧，自己人生的后半段居然就这样被孙膑规划了，居然连死亡也成为孙膑筹划中的一步。

庞涓一定会觉得孙膑的胜利来得终究还是太诡异了。毕竟自己曾经距离胜利那么近，自己几乎只需要用小手指轻轻地一拨，便足以让孙膑的人生坠入失败的悬崖之下，可最终孙膑成为真正的胜利者。

◇◇

田忌觉得，庞涓在人生的最后依然不了解自己的同窗孙膑，因为孙膑所要的成功和庞涓的并不一样。早在庞涓对着孙膑发出狰狞笑容的那一刻，庞涓便成了一个失败者。

田忌想，如果人生可以随着来时的路程退回到原点，孙膑最向往的一件事，一定是坐着那趟前往魏国都城的马车，慢慢地退回自己平静的人生。

田忌想，也许这世上，并不是每场胜负的背后都会有一个得意微笑和一张失望落寞的脸。

有些故事，注定只能把喜悦和快乐排除在外，就像孙膑和庞涓一样。

说《田忌说》

我们漫长历史中，有无数博学多才的人最终湮没在平凡的生活中。想在史书中留下淡淡的笔迹，需要的往往不仅仅是才华，更多的是机缘巧合。

孙膑原本可能是一个隐居在山野中，恬淡地洞察着世事的思考者。但是庞涓的选择，让孙膑成为一位反击者。

在经历了噩梦一样的人生，苦熬了许多年以后，孙膑为自己和庞涓的故事划下了句号。很难说孙膑是这个故事的胜利者，因为在故事的结尾，那个在斗争中幸存下来的孙膑只能不完整地活着。而那个几乎将要踩在胜利终点线上的庞涓，却将自己的欲望与野心一同与自己的人生埋葬了。

庞涓在史书记载中，是一个以很奇怪的方式存在的人物。他拥有着倾世的才能和抱负，但最终却为了一个原本对自己几无威胁的孙膑功亏一篑。如果从庞涓的人生终点，慢慢退回到他当年做出选择的那一刻，几乎可以认定庞涓的选择近乎幼稚可笑。只是如果将这个推理的时间顺序反过来，或许庞涓的选择就显得不那么不可理喻了。因为那只是一个人性自私到了极点后，极可能做出的选择。

完颜宗弼说

参考文献

《宋史·岳飞传》
《宋史·高宗纪》
《宋史·韩世忠传》
《宋史·秦桧传》
《宋史·万俟卨传》
《金史·完颜宗弼传》
《建炎以来系年要录》

完颜宗弼第一次听到岳飞这个名字的时候，他已经在中原叱咤了好几年。一直以来，对于南方的宋国人，宗弼只有一种印象，那就是——他们都是窝囊废，而且是相当窝囊的那种。对于这种观点，宗弼从来不觉得是自己偏激了，反而觉得这是值得庆幸的事。宗弼常想，要不是这些南蛮子这么窝囊，我们女真人怎么可能如此轻易地称霸天下呢？

宗弼记得多年以前，哥哥宗望说起要进攻宋国的时候，自己着实吓了一跳。那时候的宗弼觉得，虽然宋国确实是人傻钱多，但他们的人口毕竟是金国的好几十倍，若真的打毛了他们，只怕我们也没什么好果子吃吧。不过哥哥说，我们也不是真的硬来，主要还是去中原试探一下，反正那边富裕，能抢多少财宝便抢多少财宝。万一他们反抗了，我们就退回北方的山里，我们这里这么冷，南方人就是打得过来，也待不住嘛。

可是这一次的随便打打却直接将大宋打得快亡了国。庞大的宋国被金国攻陷了京城，还抓走了徽宗和钦宗二帝，如果不是侥幸漏网的皇子赵构，或许今天宋国早已不复存在了。

◇ ◇

在见到岳飞之前，宗弼已经记不清自己打过了多少次胜仗。宗弼很喜欢看到的一个场景，那就是宋朝的军队逃窜的情景。他们惊恐地呼喊着宗弼女真语的名字，大叫着"金国四太子金兀术来了"。然后，就像见了鬼一样四处奔逃。宗弼总觉得，自己在宋朝杀掉的人，肯定不如他们自己在逃跑中互相踩踏死掉的人多。

在和宋军的对垒中，能让宗弼有印象的并不多。偶尔给宗弼带来小惊险的也就是韩世忠这个老小子了。可是韩世忠又有什么了不起呢？就算是被宋人称为大快人心的黄天荡之战，结果韩世忠的军队还不是被自己用火箭烧得溃不成军。

不过就宋国人的那点出息而言，抵抗一下再失败和直接逃窜已经是完全不同的两个概念了。其实宗弼也觉得这样挺好，毕竟自己总是看宋军的背影也快看得没激情了。最好玩的游戏自然是猫和老鼠之间的那种游戏，总要把对手折腾到精疲力竭再吃掉，这样才比较有趣味吧。

宗弼想，或许今天发生的一切，就是中原人常说的风水轮流转。在过往的无数岁月里，强大的中原人也曾经这样在别人的土地上肆虐，让别人称臣纳贡，自以为自己是世间的主宰，而如今这一切终于颠倒了。

宗弼觉得，自己大可再凶残一些，反正历史不会记载下如今的一切。因为不久之后的某一天，这片富饶的中原土地，便会臣服于大金国。这时的孩子，只会读到被宋朝皇帝和高官压榨得无力反抗的原大宋百姓，是怎样以万分感激的心情去欢呼金军到来的故事。

宗弼后来想，如果没有岳飞这个绊脚石，那个属于自己的故事一定是一个很完美的故事。

◇◇

和岳飞交锋过几次后，宗弼也不得不选择一些以前从来没有应用过的新战术，诸如战略性撤退之类的方式来对付宋军。

宗弼从来没有像现在这样急切地想要了解一个人。宗弼也不明白岳飞是怎样的一位领导者。怎么一夜之间那些窝囊得让人不忍直视的宋兵都变得一脸狰狞，像赌场里讨债的打手一样凶悍起来。

宗弼派出去的探子回来得很快，只是他带来的那些琐碎又家长里短的消息，让宗弼气得快要从椅子上跳起来。当然生气归生气，宗弼总算对岳飞的情况有了一些了解。岳飞是相州汤阴人。据说出生的时候，有一只大鸟从他家的房顶上飞过，所以取名叫岳飞。岳飞虽然家境贫寒，不过却喜欢读《左氏春秋》《孙子兵法》这样一些充满智慧的书籍。等到岳飞再大一些，精神层面的书籍已经不能满足他了，于是岳飞拜了一位名叫周侗的师父学习武艺。因为天生好武，岳飞居然不到二十岁便可以拉开三百斤重的强弓，甚至还能左右开弓呢。

岳飞最早发迹于剿灭家乡的盗匪。在岳飞层出不穷的计策面前，穷凶极恶的盗匪中了招，他们的头目也被岳飞活捉了。而后，岳飞和金国的军队交战过好些次，相对于岳飞这种从小熟读兵法的人，自小只懂得在山里射小鸟追傻狍子的女真人自然要单纯得多，所以在和岳飞的战斗中女真人屡战屡败。而岳飞也一步步强大起来，最后竟然成了对抗金军的主力。

◇ ◇

虽然岳飞的成长史让宗弼又心烦又痛恨，不过在探子叙述岳飞的成长历程中，还是让宗弼感慨了好几次。比如探子说，岳飞从小的经历便很坎坷，不到满月的时候，就有过一次十分惊险的经历。那一年，黄河决堤淹了岳飞的家乡，岳飞的母亲抱着岳飞坐在瓮中，被波涛冲到岸上才幸免于难。宗弼听到这个故事，也不由得感慨，这个姓岳的要有多硬的命，才能避得过这么大的劫数呀！

探子还说，岳飞对他母亲非常孝顺。岳飞的母亲长期生病，他一直都是亲自调理药物为母亲医病的。宗弼想，但愿岳飞的母亲能长命百岁吧。这样万一哪一天，自己真的被岳飞这个绊脚石打得招架不住了，我也可以派人把他的母亲劫来做人质，估计震慑的效果应该也挺不错的。

◇◇

对于岳飞的出现，宗弼也觉得这件不幸的事情中也有幸运的一面。至少岳飞发迹的时候，宋国已经处于国力最衰败的时刻。有时候宗弼甚至觉得，如果岳飞早出现个三五年，或许整个历史都要重新书写了。

不过人生就是如此的，我们感慨所谓正确与错误的时间，其实都是伪命题。因为我们只会出现在属于自己的那个时间点上，与对错无关。

宗弼和岳飞之间的争斗虽然宗弼不怎么占上风，可是他时不时地还能从其他宋军那里占一些便宜，宋朝的老百姓仍然会用"再不听话就让金兀术把你抓走"这种话来吓唬不听话的小孩子。

可是宗弼总觉得这样和岳飞缠斗下去也不是办法。因为宗弼的心中一直有一根刺，那就是宋国的人口。虽然在过去的那些年里，金国的军队处处占据着上风，但是宗弼很清楚地知道，宋国其实是一只被突袭的大象，他们之所以会惊慌逃窜，只是因为他们被从来没有经历过的事情吓到了。如果不能在他们缓过气来之前，将他们彻底击倒，未来一切将充满更多的变数。一旦他们意识到自己并非不强大的这个事实后，也许没有人能经受得了那头大象强大的冲击力。

宗弼其实并不惧怕和岳飞这样一个人或者是一群人的争斗，但他实在害怕岳飞会成为那个可以召唤出大象身体里潜藏能力的人。他甚至觉得自己已经无法阻止岳飞变成这样的一个人了。

◇◇

在之后很长的一段时间里，对宗弼来说有关于岳飞的消息都是坏消息。探子的报告很频繁，但无非是岳飞剿匪成功，宋朝皇帝给他升了官，或者是岳飞再次战胜了金军，然后宋朝皇帝又给他升了官。

有时候，战场上的消息让宗弼觉得实在无趣。他也会问问有关岳飞的其他消息。他觉得，每个人都不是完美的，说不定这个岳飞也有很多的缺陷。比如打完胜仗就沾沾自喜，爱骚扰百姓。如果是这样或许哪一天激起了民愤，宋朝皇帝也不得不罢免他。又比如脾气暴躁，有事没事地抓几个属下抽一顿。这样的话，搞不好哪一天就把属下惹急了，半夜偷偷杀了他。

　　可是探子回答的内容，却和宗弼想听的完全不一样。探子说，岳飞治军很严，他们打的口号是"冻死不拆屋，饿死不掳掠"。有一次有个士兵拿了百姓的一缕丝麻捆扎刍草，岳飞立即就将他斩首示众了。士兵夜间宿营，百姓打开屋门请他们进屋休息，也没有一个人敢擅自进入。由于岳飞表现得太完美，中原的百姓对岳飞的"吹捧"，已经到了令人无法忍受的地步，甚至有些地方还把岳飞的画像供奉起来，终日朝拜。

　　岳飞对自己的属下那也是没说的。士兵有病，岳飞就亲自熬药。如果将领们远征了，岳飞便让自己的夫人去他们家中慰问。如果将士战死了，岳飞还会抚养他们的遗孤。有个阵亡将士的女儿无依无靠，岳飞还让自己的儿子娶了她为妻。如果打了胜仗，朝廷有封赏，岳飞也会全部分给部下，自己一点都不留。

　　宗弼很多次想把桌上的茶碗砸在探子的头上，心想：这帮没出息的东西，来来去去都是让人败兴的消息，说一些诸如岳飞在战场被流矢击中不幸身亡，又或者是岳飞醉驾马车，不幸掉进山涧里之类的消息有这么难吗？

◇ ◇

那段日子，宗弼总会想起家乡的雪，还会想起自己儿时在大雪中无忧无虑奔跑的场景，那份感觉是那么的单纯和快乐。宗弼不记得自己是什么时候开始丢掉了这种感觉的，也许是开始于那一场又一场的胜利吧。宗弼也不清楚自己为什么会开始有这份怀念，可能是因为挫折吧。或许只有摔倒的人才会渴望温暖的手。

有关议和的说法在那段时间流传得特别多。宗弼收到过多次来自宋国朝廷的试探，据说有个叫秦桧的人一直在主导着这场谈判。他对秦桧了解不多，只知道他曾经是大金国的战俘，后来逃回了南方。

宗弼听说在大金国期待和谈的人也在变多。或许是这几年的战争，让大家都感觉有些疲倦了，又或许是这几年从大宋得到的财物多得让人失去了斗志。

宗弼知道，如果岳飞继续这样重复上演着胜利的故事的话，那么自己也开始有点向往的这份和平，是绝对无法到来的。因为所谓的和平，绝对不是温和的笑脸、真诚的关爱以及友爱的问候。真正的和平只能源于相互畏惧的心，而不是一边倒的局势。因为强者眼中的和平永远都不是弱者所愿意的，他们只是希望让对手趴在地上，永远没有反击的能力。

宗弼知道只要有像岳飞这种成天惦记着直接打到金国黄龙府的人存在，和宋人的战争就必须继续，直到最好的那个时机来临。

◇◇

岳飞从军营不辞而别的消息传来，宗弼激动得把手中的酒杯都摔碎了。他觉得好运气好像来得太快了，自己还没想出来怎么对付岳飞，他居然自己便放弃了。

宗弼很想知道，岳飞是不是被自己威武的形象震慑了，所以做出如此明智的选择。不过探子说，岳飞的出走是因为和皇帝赵构闹了意见。那段时间岳飞为北伐做了许多的准备，宋国皇帝赵构对他也挺器重。赵构原本许诺过要把王德、郦琼这些人的兵马交给岳飞指挥，可是不知道出了什么岔子，这些兵马最后并没有归属岳飞。岳飞为此很不高兴，还和与他商量此事的张浚吵了一场。最后岳飞单方面写了辞职报告，回家为母亲守丧去了。

宗弼听到这则消息，发现自己脖子上冒了很多冷汗。原来岳飞真在背后搞了那么多小动作。他甚至不敢想象赵构如果真的把许诺的兵马给了岳飞后自己的下场。

宗弼很希望，岳飞能成为一个有骨气的人。有骨气的人最典型的特征就是说一不二，就是既然决定了辞官，便永远都不再回头，就算是皇帝再催促也好、恳求也好、威胁也好、杀头也好，他也是绝对不会回来的。可惜宗弼很快便发现岳飞永远是一个和自己对着干的人，因为没过多久，在赵构百般的示好之下，岳飞又回到了军中。

◇ ◇

宗弼觉得岳飞的这一次经历好像并不那么简单，至少岳飞和赵构的关系可能比自己之前想象的要复杂得多。有人说因为赵构根本不愿意岳飞领兵打到黄龙府，把两位老皇帝接回来和自己争夺皇位，所以才不愿意给士气高昂的岳飞更多的兵力。

只是宗弼觉得，也许更主要的原因是赵构对岳飞没有足够的信任感。因为这个深受宋国百姓欢迎的岳飞，其实还有着性格的另一面。宗弼听说，岳飞的固执和暴躁脾气其实由来已久，而且在任何场合、任何人的面前都可能发作。前些年，有个叫万俟卨的小官和岳飞客套，岳飞因为看不惯他，便当场给了他脸色看，还好万俟卨只是个小官，也不影响什么大局，骂了也就骂了。但这些年岳飞的军功卓越，便在皇帝赵构面前也不怎么在意了，和皇帝争辩这样的事自然是时不时就发生了，就连抗旨不遵也不是一次两次了。类似于这种以单方面离职来表达不满的方式，岳飞也使用得挺娴熟的。

宗弼甚至可以想象，每一次在朝堂上，面对着骄傲到不把任何人放在眼里的岳飞，赵构复杂而无奈的表情。宗弼知道，在赵构心中，最完美的臣子应该有岳飞那样的战斗力，外加秦桧那样的懂得察言观色，可惜岳飞永远只能做到一半。

宗弼心中很看不起这个很擅长逃跑的皇帝赵构。宗弼想，如果岳飞这样的人在我们大金国，有多少脑袋肯定都砍了。也只是赵构这样窝囊的皇帝才能一而再地容忍吧。当然看不起归看不起，宗弼对赵构还是挺理解的。毕竟宋国可不像金国那样拥有许多能征善战的将领。所以赵构必须忌惮着岳飞，对于一个兵权和人望已经大到了足以威胁和取代自己的人来说，赵构自然不敢轻易地把足以颠覆国家的兵权放在他的手中。同时赵构也必须包容着岳飞，因为岳飞无法取代，他是赵构荣华富贵的人生最强有力的守护者。所以赵构必须承受着岳飞这分不清是耿直还是张扬的性格。

宗弼听说赵构对岳飞的器重更胜从前，时不时地嘉奖和封赏，让君臣之间的这份和谐显得越发完美。虽然宗弼觉得，这份有些做作的和谐更像一场明眼人都能看得出的表演。不过宗弼也很清楚，如果没有人去撕开挡在岳飞和赵构之间的那张纸，或许这场表演会没完没了地继续下去。

宗弼知道虽然那张纸脆弱得不堪一击，但自己却无法戳破那张纸，因为有资格的人只有赵构和岳飞自己。

◇ ◇

宗弼听说，岳飞向赵构建议给国家立个太子的时候，被吓了一跳。宗弼一直觉得自己身为一个没有太多礼教约束的北方人，性格自然要比南方人冲动耿直一些。不过宗弼自认为如果和岳飞易地而处，自己绝对没有勇气，向赵构提出立储的要求。

因为宋国一直以来都有一个人人都知道的传闻，那就是近几年赵构失去了生育能力，他的亲生儿子也在前几年夭折了。虽然赵构收养了两个太祖皇帝的后裔做养子，但显然年纪不大的赵构并没有放弃医好病后自己生一个太子的打算。岳飞在这个时候提出立赵构的养子为太子的建议，无疑是把赵构还没有结好的伤疤再次掀开了。把明知道不该说的话题，赤裸裸地说了出来。

宗弼不知道岳飞怎么想起来去提出这样的建议的，即便是为了国家的稳定，也不该采取这样直白的方式。宗弼一直觉得岳飞是个有点冲动的人，但冲动到这种地步就是愚蠢了。

他吃惊之余更多的是兴奋，他想，这一次岳飞应该死定了吧。

宗弼最遗憾的事情是不能将自己多年来总结出的一套惩罚囚犯的方法告诉赵构。宗弼觉得自己精选出的七八十种酷刑，都是比较适合岳飞的。他希望岳飞的死讯快点传来，也好安慰一下自己失落的心。

可是这一次，赵构对岳飞建言的反应又一次出乎了宗弼的意料。宗弼听说赵构只是脸色变得很差，然后对岳飞说，不该你管的事情还是别管了，便轻易打发了岳飞。宗弼觉得自己对赵构失望透了，对于漠视自己尊严的挑衅者，赵构最保守的反应不是应该命人将岳飞乱刀砍死吗？

　　宗弼觉得自己的人生遇到这样两个对手真是糟糕极了。一个是为了荣华富贵可以将自己的尊严贴在地板上的帝王，另一个是无知无畏，看不到危险，只会向前冲的愣头青。宗弼觉得如果再和这两个人缠斗下去，自己迟早也会变得像他们一样低级。

　　◇◇

　　宗弼知道岳飞被赵构囚禁的消息，是在秦桧主推的议和工作有了一些进展之后。他听说大宋主战派的几位将领，那段时间都处于危机之中。宗弼也不清楚赵构如此行事，是不是想向自己释放求和的诚意，不过他总觉得这次事件挺像一个陷阱的。宗弼想，这些南方人一直都很狡猾，谁知道这次是不是君臣之间的苦肉计。说不定我们这里刚放松一些，他们就悄悄地屯兵作战了。

　　宗弼唯一感到欣慰的是，负责审问岳飞的人就是那个当年被岳飞怠慢的小官万俟卨。宗弼总觉得这一次岳飞应该不至于全身而退了。他觉得如果自己是万俟卨，一定会把岳飞吃过的每道菜都吐上口水，可惜万俟卨应该不会像自己这样聪明。

　　宗弼听说岳飞的罪名很多，比如不肯救援淮西的友军，导致战局不利以及胁迫朝廷给予兵权等等。宗弼知道岳飞的最大的罪名一定不会是写在纸张上的，因为岳飞真正的罪名是他让赵构寝食难安了。宗弼并不确定赵构会如何对待这个曾经让他依赖的人，但他相信赵构对岳飞的依赖和他对岳飞的痛恨一样多。他还相信在无数个夜里，赵构都会因为岳飞的存在而睡不着。他觉得赵构等待可以远离岳飞的时机已经很久很久了——兵力和士气都开始恢复的大宋，已经有了和金国对抗的实力。

宗弼一直在揣测，当岳飞不再是一个必不可少的因素的时候，赵构是否会让这个因素彻底地消失。

◇◇

宗弼听到军营里震天的欢呼声，才确定了岳飞死亡的消息。他听说岳飞死在了监狱里，连同被杀的还有他的儿子岳云和部将张宪。他还听说所有为岳飞抱不平的官员都受到了处罚。宗弼知道这一次赵构是下定决心了。宗弼甚至听说，中原的老百姓痛哭的声音和金国军营里的欢呼声几乎一样大。秦桧夫妇和万俟卨尤其遭百姓们的痛恨。

宗弼很佩服赵构让人帮他背黑锅的本事，不过或许中原的百姓们并非受到了蒙蔽，只是他们拒绝相信，自己心目中神圣的天子只是一个擅长过河拆桥的人。

当然宗弼觉得，在岳飞的故事里，最应该承担责任的，显然既不是赵构也不是秦桧，因为引导我们走向属于自己人生结局的人，其实就是我们自己。"太委屈"这个原本不该存在于岳飞身上的词语，只是不明内幕的百姓无奈的叹息罢了。因为大多数所谓不公平的劫数，往往只是为自己曾经的过错赎罪，与忠奸并没有什么太大的关系。也许在未来，在很多年以后，这个叫岳飞的家伙会被神话，那可能是因为他的人生已经被定格在还没有来得及犯下更多错误的时间里。

宗弼知道那个压迫着自己，让自己一刻也不敢松懈地去战斗的人已经不在了。这一次，宗弼觉得也许金国和宋国和平的时代终于就要来了。因为两个国家互相畏惧的形势已然成形了。

宗弼伸出手去感受着空中那些已经带着凉意的风。他很喜欢这份冷冷的感觉，因为它越发有些像自己家乡的味道了。

说《完颜宗弼说》

有时候很多历史人物的形象都很容易被极端化，那些活生生的人物在时光的打磨下，一点点被神化或是妖魔化。而岳飞便是一个被美化过度的人物，所以性格冲动到甚至有些跋扈的岳飞在很多年之后，变成了一个完美的毫无瑕疵的英雄。

岳飞新形象的建立，并非全无道理。在被异族打压了许多年以后，内心满是屈辱和不满的南宋人，太需要一些可以舒缓压抑情绪的精神领袖，而站在反击战线最前端的岳飞无疑是最好的人选。所以即便是在对金国的战斗中，岳飞的对手并非只有金国的完颜宗弼等战将。

在百姓们的印象中，主和派的秦桧才是岳飞最大的对手，也是造成岳飞死亡的元凶。但和岳飞的极端塑造过程一样，秦桧也是一个被妖魔化过度的人物。毕竟南宋在军事能力和金国对比没有占据优势的时代，和谈未必不是一种好选择。只是对于在屈辱中求生的南宋政权来说，当权派所承受的压力和不理解自然远胜于其他时代。

如果假设历史有机会做出其他选择，领导南宋军民反击金国的岳飞，便有可能成为截然不同的另一番形象。也许我们可以见到一个因为劳民伤财、穷兵黩武而被历史唾骂的岳飞，也未可知。

李福说

参考文献

《唐书·隐太子李建成传》
《唐书·巢王李元吉传》
《唐书·太宗本纪》
《唐书·高祖本纪》

　　李福从父亲李世民口中听到"李建成"这个名字的时候，着实吃了一惊。因为在很多年以前，玄武门那个满是肃杀之气的清晨之后，在太极宫里"李建成"这个名字便没有人再提起过。李福曾经相信，如果有人敢在父亲面前说出这个讨人厌的名字，等待他的也许是灭顶之灾。李福曾经猜测过，如果父亲自己提到这个名字时，他会有怎样的反应？是不屑，是愤怒，还是不可遏止的仇恨感呢？可是当父亲说出这个名字的时候，声音里透着的那份捉摸不透的平静和温和，仿佛这个人从来不是父亲最痛恨的对手一般。

◇ ◇

李福的父亲曾经有两个坏兄弟，一个是当初的太子李建成，一个是齐王李元吉。李福从没有见过这两个人，李福出生的时候，他们两个已经死去多年了，李福耳闻过有关于这两个人的事情。如果不是每个知悉那段往事的人谈及此事的时候都一副讳莫如深的样子，李福原本对这两个人的事情也不是那么感兴趣。因为对于李福而言，这两个人即便和自己有那么一点血缘关系，和自己的生活也完全不会有重合的可能性了。

◇ ◇

据说，李建成和李元吉是两个不折不扣的小人，李建成好赌、好酒、好色，而李元吉则为人残忍骄纵。只是李建成是高祖皇帝李渊的长子，所以当年被立为太子的人是他。那些年父亲李世民的功绩很大，为了防范父亲争夺储君之位，李建成和李元吉做了很多的手脚离间高祖皇帝和父亲之间的关系，只是这样依然不能阻止李世民在臣民中的威望越来越高。最终两人不惜铤而走险，结果双双被诛杀。

李福觉得李建成和李元吉的故事是一个标准的恶有恶报，坏人不得善终的故事。李福觉得如果自己是父亲，自然也是不愿意提起这两个人的。所以当父亲对李福说，想把他过继给已经死去多年的大哥李建成做儿子的时候，他吃惊地想到，或许当年玄武门那个清晨发生的事情，与自己所知道的并不相同。

◇ ◇

李福再看史官记录的时候，看到了许多当初没留意的事情，也看到了许多可疑的地方。

高祖皇帝可以君临天下，很大的原因是因为几个儿子都拥有出色的能力。可是当大唐的外敌逐个被铲平后，谁会成为大唐未来的主人便成了最大的悬念。

父亲是高祖皇帝的二儿子，所以对于没有太子身份的父亲而言，皇位仿佛来得并不是那么顺理成章。李福曾经看过这样的记载，自己的爷爷高祖皇帝当初起兵，据说便是父亲的建议。所以高祖皇帝曾经对父亲有过许诺，若未来得了天下，父亲便是继承人。李福当初看到这段的时候，心里只是想高祖皇帝眼力不错，如今天下太平，百姓安居，完全来自父亲的功绩。可是现在的李福又觉得，或者父亲是个不错的帝王，但是所谓名正言顺，实在是很牵强，如果高祖皇帝真有这样的许诺，便不会早早地将李建成的太子之位确定下来，将原本明朗的问题复杂化。

李福还看到很多有关于李建成和李元吉打仗的记载。从结果上看，李福觉得自己的叔叔、伯伯和父亲一样，也是用兵的奇才。只是伴随着这些胜利记录的，总有许多傲慢、残暴、自负、骄奢淫逸的记载。

李福心中生出了许多大逆不道的想法，那些书卷上关于李建成和李元吉的故事可能是经过加工的，那些让人不屑的片段也许是人为地把某些细节片面放大后再添加的。这样做最重要的目的，就是让读过的人们觉得，李建成和李元吉最终的结局就是他们最恰当的结局，无关乎阴谋。

◇◇

李福可以肯定，李建成和父亲之间一定是互相恨着对方的，这种恨应当不是与生俱来的。当天下不能为兄弟两人共享的那一天起，仇恨便从他们心底开始滋生，慢慢地将两人的同胞之情分裂，直至吞噬得一干二净。

李福甚至觉得两人之间的恨到来得理所当然。李建成可能烦透了父亲心中的那股欲望之火，他可能不明白，原本已经是万人之上的父亲，为何还要想着更进一步，去觊觎那个属于自己兄长的未来天子之位。而对于父亲而言，李建成是一个在自己生命中多余的人物，他的出现让原本完美的世界变得那么不完美，他几乎拿走了父亲想要的一切。更糟糕的是，李建成并不是一个配不上太子之位的人，即便百般挑剔，李建成依然可以自如地应对，让自己的太子之位不被动摇。

◇◇

李福觉得，如果没有玄武门的那个清晨，如今的父亲可能只是一个受猜忌的王爷，被赏赐到偏远蛮荒的封地，直至充满欲望的野心在无可奈何中消耗得一干二净。

在储位争夺战中，父亲处于绝对的下风。李福想，父亲那些年内心一定是不平的，功绩最大、能力最强的父亲，与储君之间所差的只是一个长子的身份而已。让父亲压抑愤怒的应该还有高祖皇帝的态度，史官的记录上说，高祖皇帝身边有两个宠妃张婕好和尹德妃，两人都有亲眷依附在李建成和李元吉的府里，父亲和东宫、齐王府的竞争愈发激烈的时候，两位妃子自然是在高祖皇帝身边讲一些太子的好话和父亲的闲话。

但是李福觉得高祖皇帝的态度并不完全是因为旁人的诽谤，他的态度更多的应该是和父亲的强势有关。记得有一次高祖皇帝和父亲分别将同一块土地赏赐给两个臣子，最终得到父亲赏赐土地的臣子，却不肯将土地让给获得高祖皇帝土地赏赐的臣子。李福想，知道这件事的高祖皇帝一定觉得自己的权威受到了挑战。当这样的事情一而再、再而三地发生，高祖皇帝对父亲自然也会有些忌惮。

李福相信父亲应该不是高祖皇帝心中最完美的继承人。所以那个"许诺"中的太子之位迟迟没有到来，也是再正常不过的事。

李建成对父亲的恨意，应该也是那个时候开始变得强烈的。当父亲对李建成施加的压力越来越大的时候，李建成反击的力度也越发强大。

◇ ◇

李建成对于人才的招揽和使用能力应该不逊色于父亲，李建成对于人际关系的权谋应该还胜过父亲。所以当高祖皇帝身边充斥着李建成的溢美之词以及父亲的闲言碎语的时候，李建成的正统身份便异常地稳固了。而父亲只能游离在权力中心的外围，看着近在咫尺的果实，但手臂的长度永远差着一点点。

◇◇

当父亲成为胜利者之后，所有谈起玄武门那个清晨的人都会说，那是一次不得已的反击。

因为压制不住父亲的李建成和李元吉已经开始谋划要杀掉父亲了，在一次李建成的宴请后，父亲甚至出现中毒吐血的症状。李福想，这当然又是一次欲盖弥彰的记录。如果李建成是一个傻到会用毒不死人的毒药去激发对手防备心的人，父亲也不用对他如此头疼了。

◇◇

在父亲把让李福过继给李建成当儿子的想法告诉李福之前，李福一直以为玄武门的那个清晨只是父亲生命中的一个转折点，一个从失败走向成功的纪念日，一个翻过去不需要回头的过往。但如今李福终于明白，原来父亲和李建成、李元吉一样都没有走出那个清晨。父亲定然是无数次梦到李建成和李元吉生命停滞的那个清晨，一次次面对自己两个同胞兄弟恐惧、失望的面容。

李福相信玄武门的伏兵扑向父亲人生最大障碍的两个人的时候，父亲是紧张而兴奋的。所以当李建成发现中计想要逃脱的时候，父亲才会不顾一切地一箭射死了他。父亲保护胜利成果的方式很有效——他杀掉了自己所有的侄子。从那一天起，李建成和李元吉彻底地从权力斗争的战局中消失了，永远不会再有翻身的机会。

父亲就是那一年登上了帝位，高祖皇帝知道李建成和李元吉死去的消息后感到很欣慰，他把皇帝之位禅让给了父亲并对父亲说："你当皇帝是我的夙愿。"

李福想象过自己的爷爷说这番话时的表情，是虚假的一目了然还是伪装的不动声色呢？其实李福也知道，那个伪装是否成功并不重要，在一下子失去两个儿子之后，爷爷选择了保住自己的性命。爷爷也许只是不再想成为这个清晨众多流血者中的又一个而已，对于一个为了权力可以毫不犹豫杀掉自己兄弟的人来说，更进一步杀掉自己的父亲有什么稀奇呢？

◇◇

　　李福觉得，那时候父亲的胜利是一场真正的胜利。只是在更多真相被发现之后，这场不再有悬念的胜利才真正困住了他。父亲后来才知道李建成和李元吉之间并不是全无间隙的。李建成和李元吉之间争执过很多次，争议的话题一直只有一个——是否该除掉父亲李世民。李元吉和辅佐两人的谋士们一致认为，杀了父亲才是稳固皇权最好的方式。

　　李元吉主导过许多次刺杀父亲的行动，但在最后全部功亏一篑。失败的原因并不是父亲的运气太好或是李元吉的部署太差，刺杀不被执行的原因是李建成坚决不同意。李元吉最恼怒的一次甚至对李建成发了很大的火，他说："李世民死不死，对我根本没啥影响，我做这一切还不是为了你吗？"

　　李福觉得李元吉和李建成一样，低估了父亲对权力的渴望。因为父亲死或不死，对李元吉的影响同样很大。最终活着的父亲让李元吉和李建成一样丧生在玄武门下，李元吉最终还是证明了自己的愤怒并非没有道理，只是这种证明已经全部没有意义了。

◇◇

李福想，在玄武门的那个清晨，父亲一箭射在李建成的胸口后，父亲一定看不透李建成脸上的表情。那时候父亲一定觉得，那是一个失败者绝望而恐惧的表情。但是有一天父亲会发现自己错了，那张脸上还有哀伤和失望。父亲原以为自己在那个清晨杀死了一个对手，他那时候可能还没有意识到，自己杀死了这个世界上唯一一个对自己的爱护并不逊色于仇恨的对手。

李福觉得，也许胜利者和失败者之间的差别只是他们在面临同样的问题时，做出了截然不同的选择。李建成的失败也只是因为在如何对待自己亲兄弟的问题上，他做出了和父亲不同的选择。

◇◇

父亲在宜秋门外祭奠李建成和李元吉的时候哭得很伤心。这一天距离玄武门的那个清晨已经过去了很多年，如今的大唐和当初的那个大唐已经是截然不同的两个世界，父亲当初在意的很多事，如今已经不再被世人在意。父亲用勤勉的政绩和不断对那段往事的粉饰和扭曲，让世人开始忽略这个已经久远的故事。

　　李福曾经觉得父亲编造的那个故事很成功，因为太多人庆幸大唐有了一个好皇帝，所以更多的人乐于接受父亲编造出来的那个坏兄弟的故事。只是在父亲的那场大哭之后李福才发现父亲那个骗过了太多人的故事原来并不完美，他最终也没有骗过自己。

　　李福发现那些眼泪中有许多外人读不懂的东西。这场在很多人意料之外出现的哭泣，李福并不感到意外，也许早在胜利的喜悦感褪去之后，那种带着沮丧的伤感便到来了。在父亲眼中，李建成嫡长子的身份，李建成毫不逊色于自己的才能，才是让父亲愤怒和压抑的根源。

　　当所有的一切随着玄武门下的鲜血流走之后，那些曾经被欲望和仇恨掩盖掉的亲情，便重新成为父亲的记忆。父亲终于想起了自己的哥哥，那个任何时候都不愿意践踏兄弟之情底线的哥哥，是如何一次次地错过了登顶皇权的机会，最终让自己败得一塌糊涂的。父亲在那个清晨之前曾经觉得亲人间不可能拥有的那些情感，在那个清晨之后便真正地消失了。

　　李福相信父亲眼泪里藏着的东西远比自己想象中的要多，因为那里面有悲伤，有悔恨，还有思念。可是李福也相信，如果时光回到玄武门的那个清晨，父亲的箭依然会伴随着恶狠狠的表情射出，因为他无法抗拒那个至尊位置的诱惑，无论是过去、现在还是未来。李福还相信，如果让李建成再次做出选择，他依然会拒绝李元吉和谋士们除掉李世民的建议，因为李建成一直觉得那个叫李世民的令人讨厌的对手是自己的弟弟。

李福觉得所谓的命运，并不是从一个偶然到达另一个偶然，而是从一个必然走到另一个必然。每个人的结局只是每个人循着自己的人生轨迹走到了命中注定的时刻。

父亲的样子，让李福觉得恍惚，父亲的痛哭仿佛让人觉得，他在这场斗争中并不是一个真正的胜利者。

说《李福说》

自古以来的宫廷斗争，都是残忍血腥的，似唐朝这样不顾念亲情的屠杀式宫变，尤为突出。

李世民是个勤政的好皇帝，但他为唐朝开了一个权力争夺战的坏头。唐朝多代帝王在对待政敌的时候都毫不手软，即便这些政敌可能就是自己的至亲。由于李世民的示范效应，李世民的儿子齐王李祐、太子李承乾先后谋反，魏王李泰也因为谋太子之位被幽闭。李世民的儿子们除了早夭的几个，其他多数死于与政变相关的事情上，算得上善终的仅仅是高宗李治和作为不大的李福两人。而这一切仅仅是个开始，后世的武则天和唐玄宗时代，亲人之间的屠戮一样让人心寒。

有时候我们会猜测，在这些争斗之后，胜利者会以怎么愉悦的心情去享受这样的成果，但李世民的故事现在证明了我们的猜测只是猜测。

有时候在欲望面前，一切是非都会变得模糊。我们得不到，所以更专注，更加不顾一切，更加不在乎一切的牺牲。只是在成功以后，得到以后，再去回想自己所付出的代价，再去回想自己所失去的事物，才会真切地感受到难过和痛心。

所以被权力欲望控制了一切的李世民，最终只能是一个哭泣者，这无关于他的成败，只是不管他人生中的哪一个选择，都会让他丢失无法承担的东西。

刘询说

参考文献

《汉书·宣帝纪第八》

《汉书·霍光金日磾传第三十八》

《汉书·外戚传第六十七》

刘询年轻的时候，长得高大英俊，相貌不凡。只是到了适婚年龄，却没有人家愿意把女儿嫁给他。

如若刘询只是一个绣花枕头，不学无术的混混，遭受这样待遇原也不冤，可是刘询却是一个勤勉好学、文武全才的人。

让众人对刘询敬而远之的原因是刘询特殊的身份，他的曾祖父是开创汉朝最鼎盛时代的汉武大帝。而他的祖父，便是在武帝晚年那场巫蛊之祸中被迫自杀的戾太子刘据，一同蒙难的还有刘询的父母，唯一幸免的便是当时还是婴儿的刘询。

刘询曾经想象过自己曾祖父和祖父当年的那段往事，他不敢想象武帝知道自己儿子自杀消息后的反应。刘询觉得即便那时候武帝依然觉得自己的儿子犯了谋反的大罪，但那个消息给他带来的伤痛，可能和他对儿子的恨意一样不可接受吧。

刘询后来想，如果没有这个让每个参与者都成为悲剧主角的事件发生，或许自己会像其他帝王家的子孙一样，有一个安稳富足甚至奢华的童年。可是就在那一天之后，刘询的命运便走向了另一个不可思议的极端，无父无母的刘询成了长安监狱中幼小的囚犯。

刘询觉得自己能长大成人，也是充满了运气。因为有一年，汉武帝忽然得了重病，宫里的望气者说，长安监狱里有股奇异的天子之气，这就是皇帝生病的原因。

惊怒之下的武帝下令要杀掉因当年谋反案进入长安监狱里的所有囚徒。幸好同情刘询的廷尉监邴吉顶住了压力，将监狱大门关上，让使者不能进入监狱执行皇命，一直坚持到武帝清醒过来。

即便得到了特赦，刘询也只是寄养于掖庭，武帝对自己的这个曾孙并不特别过问，或许是内疚，或许是忽视，又或许是不愿意触动自己过往的伤痕。

刘询的身份却透着与众不同的尴尬。刘询知道，自己的人生注定无法像帝王子孙那样在荣宠间度过，也无法像普通人那样安稳平淡地走过一生。

刘询的身上有着随时可能引爆的风险，祖父曾经的罪名注定要伴随刘询的一生。

　　◇◇

刘询四岁那年，曾祖父武帝过世，继任的帝王是刘询祖父刘据的小弟弟刘弗陵。虽然在辈分上比刘询高了两辈，但刘弗陵仅仅比刘询大三岁。作为前任太子的嫡孙，刘询尴尬的身份越来越成了他的障碍。

刘询很容易被年轻的帝王视为皇位的争夺者，甚至可能成为那些不怀好意的大臣们挑起事端的因头，即便无父无母也无背景的刘询并不真正具备挑战权力的资本。

对于没有人愿意嫁给自己的局面，刘询自己也觉得这是世俗对自己最正常不过的反应。

毕竟对于大多数人家来说，一个没有依靠、没有希望甚至随时有性命之忧的皇孙带来的危险，远远胜于平凡的百姓人家。在这样的情势下，又有谁愿意将女儿推进这个瞧不见一丝光亮的深渊呢？

对于自己的未来，刘询并不清楚。努力地做一个平凡而普通的人，或许就是刘询所能想象到的最大幸福。

◇◇

这一年，许平君走进了刘询的生活。平君的父亲许广汉是一个因为犯了罪被实施宫刑的宦官，后来被送到寄养刘询的掖庭当差。许广汉决定将平君嫁给刘询，是因为他觉得这个从小看着长大的孩子很不错，虽然这个决定遭到妻子的强烈反对。

在很多年以后，这段日子还是被刘询无数次地记起。因为从那时起，刘询不再是孤独的一个人。他侧过头的时候，看到的不再是一面永久沉默的墙了。他可以对人倾诉，有人分享了。

刘询希望余生的日子可以这样静静地走过，不再有权力的争斗，不再有亲人间的杀戮，不再有生离死别。但刘询总担忧着，自己的希望只是奢求。

当刘询和平君的第一个孩子来到世间的时候，刘询慢慢地相信了自己的愿望不一定是幻想。也许生活可以变得更美好，也许生活是耳畔孩童的嬉闹声，也许生活是鼻际传来的淡淡野花香味，也许生活是伴随晨曦而至的鸡鸣和日落不退的满天余晖，也许生活是凝视着低头浅笑的美丽画卷。

刘询知道平君和自己一样，欣赏和渴望着没有波澜的日子。

◇ ◇

刘询的命运，被英年早逝又没有子嗣的刘弗陵改变了。

刘询被迎进了宫中，登上了他曾经做梦也不敢想的帝王之位。

刘询并非这个位置的唯一人选，更有竞争力的是刘询的族叔昌邑王刘贺，可这个族叔却仅仅做了二十七天的帝王，便被以霍光为首的大臣废黜了。

刘询曾经相信过刘贺的罪名，因为霍光告诉他，刘贺荒淫无道，刚刚即位数日所做的恶行，已经不胜枚举了，要是让此人继续下去，天下必将大乱。刘询没有考证过刘贺的恶行，他甚至曾经坚信自己的使命，便是终止那个即将让苍生遭遇浩劫的刘贺的帝王之位。

但很快刘询便发现自己错了，让刘贺丧失帝王之位可不是因为他所谓的荒淫行为，更重要的原因是权臣霍光不需要一个根基深厚、辅臣众多的皇权继任者。霍光需要的是一个提线的玩偶，一个只需轻轻扯动便会任由摆布的玩偶。毫无背景的刘询无疑才是霍光心中最理想的人选。

◇◇

对于刘询来说，人生这条单行道，已然将他最喜爱的生活定格在仅能回望的来时路上。即便如今的生活并不是他期望的，却再也回不去他那段曾经平静的时光了。

被改变了人生轨迹的不只有刘询，还有平君这个平民家的女儿，也入了皇宫，成为帝王后官中的女人。

◇◇

对于突然而至的身份，刘询有些手足无措，他知道在未来的日子里，会有很多事情发生，而这一切绝非一个常年生活在民间的平凡人所能掌控的。

但帝王的生活真正来临之际，刘询却发现，那样的日子比想象中的简单很多。因为生活只是这样进行着：霍光说可以，刘询便说可以；霍光说不可以，刘询便说不可以。

刘询记得和平君在一起的那个家，附近有座空旷的山谷，刘询和平君常常喜欢对着山谷吼出自己的名字。刘询一直记得山谷间久久回荡着两人名字的场景。可是如今的刘询不再有那种随意的生活，他所剩下的只有一种回音——霍光的回音。

◇◇

刘询原以为自己的一生，便要这样一直一直对着霍光不停地说是了。但正面的对垒很快便出现了。这一次，刘询觉得自己的步伐终于退到了底线之前。而燃起这场战火的正是霍光的女儿霍成君。

◇◇

一直以来刘询对霍成君总是怀揣着好奇之心。除了名字中那个同样的"君"字与美丽的面庞，霍成君与许平君再也找不到相同之处。

刘询喜欢平君那份静寂的美丽，柔和得似水般无争无锋。但刘询一样

欣赏着霍成君那种炙热得让人窒息的艳，那不是一种可以伪装的气质，

它来自霍家无边的权势与与生俱来的气度。

没有人惊诧过霍成君将会走入宫内，因为霍家的女儿注定要统领

后宫，这早已是一道只有一个答案的试题，不管是刘询还是刘弗陵都

没逃离过这样的答案。

即便同样是后宫，霍成君从来没有把平君当作对手。在霍成君心

中，如果没有太多的偶然，这个小吏的女儿，甚至完全没有理由与霍

光的女儿平起平坐。

◇ ◇

刘询的耳边多了很多声音，内容只有一个，那就是用风光的仪式

迎娶霍成君，然后册立她为皇后。那些声音的用意刘询再清楚不过，

把一件板上钉钉的事完成，是一件多么圆满的效忠机会呀。

◇ ◇

但那些声音仿佛石沉大海一般，得不到回音，曾经对着霍光言

听计从的刘询这次不再应声，霍成君的皇后之梦被刘询有意无意地搁置了。

然后在霍光和群臣的催促声中，刘询颁了一道诏书，一道真正属于自己的诏书。刘询说，我在民间的时候遗失了一把剑，请大家帮我找一找。

刘询那份看着有些摸不着边际的诏书震动了整个朝堂，因为大家都清楚地知道，这把所谓的宝剑，代表着刘询和平君无法割舍的过去，代表着刘询寒微之时对平君最珍惜的情感。

这一次刘询的反抗胜利了，也许是感动，也许是积压已久的不平，越来越多的大臣选择了支持平君，选择了让一个平民女了走上皇后的位置。

刘询后来觉得，如果自己知道，这场让自己得意万分的胜利，付出的代价会如此惨烈，或许那时候的自己一定会选择放下所谓的自尊、所谓的坚持以及一切本应该无所谓的虚荣。

◇ ◇

平君当上皇后的第三年，死在了分娩的日子里。刘询很久之后才知道，是霍光的妻子显夫人买通了给平君看病的女医生，在平君最虚弱的时候，将毒药混在了平时的药汤中。

◇ ◇

刘询是霍光来吩咐自己对因护理失职被调查的女医免于问罪的时候，才警觉到平君的死与霍家有关。

刘询明白，三年前自己与霍光之间，为了皇后之位的那场对垒，原来并没有结束，而只是一个前奏。霍家的女儿统领后宫的命运是不会轻易被改变的，不管践踏过多少个牺牲者。

◇ ◇

这一次，刘询很满意自己对待霍光的态度，刘询用微笑对着霍光的时候，心里只是想着那个被废黜的刘贺的命运。刘询知道自己不能让刘贺的命运在自己的身上重现，他比任何时候都需要这个自己曾经无所谓的王座，因为只有那个他曾经觉得可有可无的位置才能让他一直站在霍光的身边，无限接近着自己的对手。

刘询曾经觉得自己是那场争斗的胜利者，如今他知道自己错了，如今的霍家一定觉得他们才是胜利者。但是，刘询希望证明这个故事的结局并没有发生在此时此刻。

◇◇

刘询感慨那个对人坦诚、毫无心机的自己已经一去不复返了，因为命运带走了身边那个让自己可以没有防范、毫无芥蒂的人。刘询决定就这样虚伪地活下去，为了自己，为了平君。刘询不清楚这段虚伪的日子要多久，他只是知道这段日子一定漫长又难熬，但自己必须坚持下去。

◇◇

刘询对霍成君的宠爱，让霍光和显夫人觉得很欣慰。显夫人毒杀平君的时候，也曾经犹豫过。在显夫人的心中，平君的死活本是一件不需要在意的事情。虽然自己的女儿未来要面对的那个刘询只是一个傀儡，但显夫人并不想横生枝节，让自己丈夫费尽心思，筹谋多年的布局变得不牢靠。刘询的态度让显夫人觉得自己的那次冒险很值得，因为不是每场胜利都可以赢得如此天衣无缝。

◇ ◇

刘询知道自己未来的人生路已经被霍家规划得很详细。他小心地顺着这条路，慢慢地向前走。他知道这条不属于自己的路，对自己来说十分重要。因为每一次完美的节奏，每一次精准的踩踏，都会让霍家的信任增加一分，警惕减少一分。

刘询知道终有一天，霍家会发现在他们没有防备的时候，自己会顺着这条似是而非的路，走进一个完全不一样的天地中。在那里，自己会看到霍家人沮丧的脸；在那里，每个人都应该为自己的所作所为找到最合适的结局。

◇ ◇

霍成君嫁入官中三年后，霍光死了。霍光生病最重的时候，刘询去探望他。刘询看着那个曾经掌控着天下所有人生死却无力握住自己生死的霍光，心里不全是恨意。刘询觉得霍光的人生并不像他自己认为的那样随心所欲，他努力地将自己的家族从平凡推向顶峰。他曾经是这盘棋局的操纵者，但是最终却让自己迷失在棋局里。

刘询知道霍光对自己充满了期待，刘询觉得自己就是那个让霍家荣宠延续的关键点，刘询努力地将自己融入霍家，成为其中的一分子，无论付出什么样的代价。

刘询面对重病的霍光那份伤感的表情，让霍光觉得自己已经做得很成功了。刘询明白自己的伪装还要继续，因为霍光布下的局宏大又精密。那个局不会随着霍光的离去而终结。刘询觉得，如果有一天这个精密的棋局会崩塌，那一定是因为自己最危险的存在。

◇◇

刘询曾经希望，自己和霍家之间的这场争斗，可以用最平和的方式结束，也许漫长的时间会让那个悲伤的故事画上句号。在这样的结局里，没有太多的波澜，没有太多的伤害。虽然这个结局里，受到最不公平对待的人便是平君，但刘询觉得平君可能会接受这样的选择，因为刘询了解平君的善良，懂得她的宽容。

◇◇

刘询准备将奭儿立为太子的时候，自己和霍家之间看似渐渐平静地相处，忽然又起了波澜。霍光死去的那一年时间里，是霍家和刘询相处得最微妙和平衡的时期。把时间向前推送几年，刘询几乎不敢想象，自己和霍家可以有这种近乎平等的方式相处，当然这样的平衡是要靠时间打磨出来的。时间让臣民们渐渐淡化了刘询，越来越多的人开始接受和认同刘询如今无上至尊的身份。霍光的离去，让霍家变得不再不可冒犯，即便与霍氏家族有所关联的人已经渗透到了朝廷中的每一处，但是这个群体不再有领袖，不再有让众人合力成恐怖力量的那个人。

当霍家再次为了奭儿立为太子的事情发难的时候，刘询首先想到的不再是回避和退缩了。刘询忽然觉得如今的自己或许已经具备了和霍家抗衡的实力。这场争斗的结局，可能不再是一场没有悬念的对决了。

◇ ◇

刘询听说，自己的置之不理让显夫人很恼怒。在显夫人心中，一个死掉的前皇后在民间生下的儿子，有什么资格可以占据太子的位置呢？那个位置早该有归属，它应该属于一个有着霍家血脉的孩子。

刘询听说，显夫人在家里着急得吃不下饭，甚至一度吐血。刘询想，也许这一次显夫人再也无计可施了。刘询觉得，时间会再次成为自己的帮手，霍家就像无数个历经盛衰的家族一样，会渐渐沉寂下去，不断地丧失话语权。

◇ ◇

多年前的那场胜局，让显夫人记忆犹新。显夫人觉得，或许历史应该再次重复一下了。

霍成君对奭儿忽而亲近的态度，让刘询不得不警觉了。刘询发觉这一次霍家又故技重施了，霍成君开始伺机将有毒的食物送给奭儿。

刘询知道，对霍家而言，与其选择没有胜算的正面对决，不如将那个曾经的故事，再一次变成如今。或许这才是解决问题最有效直接、没有后患的方案。

◇ ◇

刘询想，如果霍光还活着的话，他可能也会对显夫人的所作所为感到悲哀吧。我们尘世中的每个人所拥有的其实都不可能超出本分以外的太多。当欲望远远大于能力掌控得了的范围的时候，溃败便一触即发了。

奭儿身边随时随地跟随着的保姆让霍成君的毒药无法奏效之后，刘询开始加快削弱霍家势力的节奏。霍光的女婿范明友被从禁军长官调动去负责管理宫门，而另一个女婿任胜则更是调动出了京城。接着霍光姐姐的女婿光禄大夫张朔和侄孙女婿中郎将王汉也被借故派出京城。再接着与霍家有关的邓广汉、霍禹、赵平，也从重要职位上被赶了下来。

◇ ◇

刘询无法判定显夫人最终选择带着族人谋反是不是出于一种被自己连续打压后的自卫，但那显然是最不明智的选择，它让本来权势被削弱但依然可以荣禄风光的霍家直接遭遇灭门的后果。

当那些伤害过自己的对手，一个个走向他们自己命运终点的时刻，刘询的心中没有复仇的快感。他从来没有向往过这样的胜利，不管是显夫人的死还是霍成君的自杀，在他心中都无法激起哪怕一点点的兴奋。刘询总能想到自己在那次命运转弯之前的时光，梦见那份再也回不去的安宁和幸福。

　　刘询知道有很多人在讨论自己的传奇，在羡慕自己走向巅峰。但是如果时光可以倒流，他很希望自己的命运可以在那个时刻绕开那些所谓的辉煌和荣耀。

　　刘询知道有太多人会觉得自己是一个命运的成功者，但是自己丢失的远远比得到的多。

说《刘询说》

　　对大多数帝王来说，自己是否拥有一份真实的爱情，可能是一个很难解决的问题。因为对于他们而言，金钱与权势常常会与之混为一体，很难从他们的身上分离。也许穷其一生，他们当中的大多数人，都很难分辨出那些温柔甜美的笑和那些关切的话语是否是出自虚情假意，而最终他们只能接受许许多多人同时爱上自己以及自己摆脱不了的身外物。

　　在这一堆看不透的爱情中，也有一些幸运者。他们经历过一无所有，他们曾经被人单纯地喜欢过，他们也可以没有疑惑地喜欢别人，曾经在人生底层盘桓过许多年的刘询便是其中之一。

真正的史书对于史实的记载都是枯燥的，或许那是因为不持立场、没有情绪、没有虚构和臆想的记载，才是对历史本身最大的尊重，但即便在这样的文字之下，我们也能看到很多温馨的片段，比如故剑情深的故事。

许平君的人生路原本可能是一条平淡和缓但悠长的路，但刘询的出现改变了它，它像烟火一样，淡淡地在天空中划过一条无声的轨迹，在瞬间绽放后消失不见。这可能是无数人向往的人生，但显然不是刘询和许平君希望的。

故剑情深的故事，是一个一半感动一半残忍的故事。故事里的每个坏人都坏得顺理成章。如专横跋扈的霍光，是一个需要承担家族兴旺和责任的男人。阴狠毒辣的显夫人在做出毒杀许平君的决定的时候，心里可能没有那么多复杂的想法和宏伟的抱负，她那一刻也只是一个为女儿幸福踏平一切阻碍的母亲。

或许这才是真实，这才是历史的原貌。一切的一切，都不会以人们的价值观和意志改变。

赵祯说

参考文献

《宋史》卷九、卷一二《本纪·仁宗纪》

《宋史》卷二四二

《列传第一·章献明肃刘皇后、李宸妃》

赵祯是在母亲去世以后，才知道自己并不是母亲的亲生儿子的。皇叔燕王说起这事的时候，赵祯最直接的反应是：这怎么可能？赵祯有这样的反应最正常不过了。在他心里，那个在炎夏里为自己赶蚊虫，哼着儿歌陪伴自己入眠的母亲，怎么可能和自己毫无血缘关系呢？

赵祯将自己二十年的人生慢慢地向前推进，他在记忆中找到了一个几乎被自己遗忘的片段。赵祯记得在很久以前曾经问过母亲："母亲你四十多岁才生了我，当时是不是很困难呀？"

　　母亲后来的回答，赵祯已然完全不记得了。因为对于那时候的赵祯而言，一句随意又无关紧要的问话，答案并不值得记住。只是现在的赵祯却特别想找回这段已经没法复原的记忆，因为母亲当时的表情、当时的回答等任何的蛛丝马迹都会为他解开今天的疑问。

　　赵祯看着燕王和围在自己身边的大臣，判断着他们在母亲刚过世的日子里来诉说这些的真实性和意图。他们急切的眼神告诉赵祯，如今他们所诉说的一切可能都是真的，毕竟顶着一个欺君之罪来说的谎，代价实在是太大了。

　　然而让赵祯震惊的不仅仅是这样一个真相，燕王说他的生母是太后刘娥身边的侍女李氏。因为刘娥自己年纪大了，又膝下无子，恰逢李氏怀孕，所以她毒死了李氏，抢走了孩子。那个孩子便是当初的太子，如今的皇帝赵祯。

　　燕王说，皇帝并非太后亲生的事情，民间也传得沸沸扬扬，只是百姓们编造的故事更加离奇荒诞。很多人说，李氏当年怀孕产子之后，太后差人用了一只剥了皮的狸猫替换了新生的孩子，以至于先皇以为，李氏生下了妖物，从而被贬至冷宫。至于新生的孩子便被皇后占为了己有。

那一瞬间赵祯觉得自己有些懵了，因为他今天所知道的真相，让他自以为完美的二十多年人生是那么的不真实。自己的存在，可能不是天命所归。在那个自己称为母亲的人所布局的人生里，自己不是主角，甚至连配角都谈不上，自己更像是工具，一个成就母亲皇图大业不可缺少但可以替代的工具。

那些爱怜的笑，那些温暖的话，那些让自己觉得幸福的一切的一切，可能仅仅只是因剧情发展到某一步而必须做出的行为，与真心无关，与真情无关。

◇◇

在赵祯的心中，母亲是一个传奇。赵祯想，很多年以前，在汴梁城的大街上，那个一边摇着小鼓一边唱着小曲的孤女，可能从来没有想到过自己有一天会成为大宋国的太后，会成为坐在小皇子身后垂帘听政，随口一句话便可以改变无数人命运的女人吧。

那一切的改变源于那场命中注定的相遇，母亲在命中注定的时间里遇到了命中注定的那个人。那一年，父亲并不是皇帝，还只是襄王。

赵祯觉得，在身份悬殊的爱情里，必然需要比门当户对的爱情有着更多的勇气、更多的付出、更多的不顾一切。更何况，这是一场会惊动到太宗皇帝亲自勒令将她赶出门去的卑微女子和一举一动都关系着国体颜面的尊崇皇子之间的爱情。赵祯不知道母亲是否为这场爱情后悔过，也不知道如果母亲一开始便知道这场漫长的等待将会是五千多个日日夜夜，十五个春夏秋冬，是否还会执意等下去。

◇◇

母亲几乎没有提过那段往事，赵祯只是在她近乎碎片化的描述中，听过有关于这场爱情的星星点点。赵祯知道初进宫的母亲和绝大多数女子是不同的，那些女子总在自己人生最美妙的时节，坐着轿辇，带着对爱情最美的憧憬，嫁进宫门。母亲进宫的时候，太宗皇帝已经去世了好几年。母亲已是中年，爱情早已从生命中的全部，退缩成许多事中的一件了。

赵祯揣摩过母亲当年。那时候母亲的处境是可怜的，那是一个没有名分，不明不白的在等待中把青春消耗得一干二净的女人。但赵祯忽然觉得，母亲后来的所作所为可能和这段仿佛看不到尽头的人生有关，正是命运中有太多无可奈何，有太多任人摆布，才让母亲不得不拼尽全力去把握自己的人生，虽然这属于自己的人生已然来得太迟。赵祯知道在母亲这场和时代角力的争斗中，一定会有牺牲者。自己可能只是其中的一个。

◇◇

父亲想让母亲成为皇后的时候，遭遇了很多的反对。在大臣们眼中，那个街头卖艺的姑娘，原本就应该是见不得人的小角色，如今能在宫中占据一席之地已然是恩赐。只是父亲已然不是当初那个有心无力的皇子了，他想给母亲的显然是比亏欠了十几年的那个名分更多的东西。

赵祯相信，有关于自己的一切，父亲是知情的。在后宫里，养一个儿子当然是保护权力的最好方式。对于已经无法生育的母亲而言，占用别人的儿子自然是一个好方法。

赵祯觉得自己应该见过亲生母亲，虽然已经全然记不得她的样貌。因为那时候在自己心中，她只是父亲后宫中众多提起了便忘的宫人中的一个。赵祯想，她可能很少有机会正面接近自己，甚至比一般的官人更加困难。以她特殊又尴尬的身份而言，避嫌可能是她最好的选择，因为即便是一次不期而至的相遇也可能被解读成有目的、有心机的布局。赵祯相信有很多次，她会在没有人注意的黑暗角落里，远远地望着自己，一次次冥想着现实中无法实现的相逢。

赵祯觉得自己和她相见的最后一次，应该是在父亲的丧礼上。因为那一天之后，她便搬离了皇宫，替父亲守陵去了。赵祯想，那道从自己身后传来的目光，应该就是从那天起开始消失不见的吧，虽然自己从未留意过。赵祯揣测着，那份对自己的思念是因此深了还是浅了？赵祯觉得可能是深了，因为距离远了。

赵祯曾经疑惑她的死是否和母亲有关，但燕王笃定的样子，让他心寒。他知道，自己才是她死亡的原因。也许母亲也曾纠结过，只是当自己变成母亲维护权力最重要的手段后，母亲便不能再容忍这个秘密有一点的差错，便不再容忍这个世界上唯一有权利和母亲争夺自己的人了。

◇ ◇

让赵祯恐惧的是母亲的笑容，他曾经觉得母亲搂着自己时，那温暖的笑是世界上最美的。可是这温暖的笑容后面，居然藏着如此多的心机。这世上最爱自己的人，原来只是最需要自己的人而已。

在后宫中，母亲是与众不同的。在这里绝大多数女人的一生单纯又平静，妆容和养生是永恒的话题。可母亲却和他们不同，出身低微的母亲远比那些大家闺秀好学，母亲喜好读经书和历史。

赵祯相信父亲对母亲的喜爱。因为母亲并不是后宫里不可缺少的姿色，母亲的见解和主张才是她最有魅力的所在。父亲退朝后，常常会将政事与母亲探讨。赵祯想，母亲从来没有被人重视过的能力，可能就是在这个时刻被父亲发现了。这可能就是命运的奇妙吧，四十岁的母亲顺着这条看似顺理成章却又不同寻常的道路，走上了另一段截然不同的人生道路。母亲那原本注定要被埋没的才能，在这一刻完完全全得到了发挥。

赵祯回想自己如今所得到的一切，不知道自己应该算是幸运还是不幸。自己身后那张每个人都羡慕的龙椅，本不该属于自己，自己其实是用一场丢失的亲情换来了如今的荣耀。赵祯觉得自己应该恨那个欺骗了自己二十多年的女人，但那些伪装得如此真实的亲情，让他在恨与不恨间无法抉择。

　　父亲过世之后，遗命母亲辅佐朝政。在母亲垂帘听政的十几年时间里，她的作为丝毫未让赵祯怀疑过。母亲的权势到达顶峰之时，朝廷里的马屁精们便开始怂恿母亲更进一步。有个叫程琳的马屁精居然拿出了一幅《武后临朝图》献给了母亲，暗示母亲可以效仿武则天做女皇帝。母亲的反应是震怒的，她说："我怎么可以做这种对不起祖宗的事？"

　　当年赵祯听说这件事的时候，觉得母亲的反应再正常不过。因为母亲和武则天的性情大不相同，武则天的权力欲望让她将天下从自己的亲生儿子手中夺走，而自己和母亲之间的亲密让两人更像一个整体，是谁的天下又有什么分别呢？但如今赵祯却需要揣测母亲说那番话的意图，母亲也许并不真的在乎她和自己之间的这段亲情，也许只是对夺取天下没有信心。既然已经掌控了天下，又何必多些形式呢？

　　燕王说：母亲是怎样的人，皇上的亲生母亲李妃的陵墓就是最好的证据。因为打开之后，非正常死亡的李妃娘娘会让母亲所有的伪装曝光。赵祯其实很害怕面对那个结果，他觉得自己已经习惯了母亲那张已然熟悉得不能再熟悉的面容，但那张温暖又让自己信赖的脸极有可能罩着一层面具。赵祯害怕撕下了这层面具后，有张陌生得让人恐惧的真实面孔，让自己不再怀念，不再记挂。

赵祯害怕那些史书中记载的在帝王家常见的尔虞我诈出现在自己的生命中，自己可能也是那些权力与欲望的牺牲品。

◇◇

赵祯生母的灵柩打开以后，惊呆了所有的人。因为里面既不是发了黑的骸骨，也不是一座查无对证的空坟。李宸妃的遗体身着皇太后的服饰，安静地躺在棺木里，因为下葬的时候用水银完好地保存了遗体，所以那些有关李宸妃被毒杀的谣言自然不攻自破了。

赵祯看着这个躺在棺木里本该熟悉但却如此陌生的女人，心里变得空荡荡的。赵祯很想为她哭一场，因为自己已然无法为她对自己的爱做出任何补偿了，她甚至可能从来没有奢望过自己的儿子有一天会站在自己的坟前为自己难过一次。可当奢望成为事实的时候，她却再也看不见了。

占着赵祯心里一大块的还有那个把自己养大的母亲。赵祯知道如今自己所见到的一切都在母亲的预料之中，他从来不知道权倾天下的母亲对自己的爱居然如此的战战兢兢。她可能一直悬心吊胆着有一天无法证明自己对养子的爱是真实的，那只是一个单纯的母亲的爱，和血缘无关。她定然是知道，自己身故后一定有人拿着两人之间不寻常的关系说三道四，所以她处心积虑地留下证据，告诉儿子自己一直厚待他的生母，她虽然不是儿子的亲生母亲，但一样不会做出任何可能伤害母子亲情的事情。

赵祯记得母亲曾经训斥过她的侍女，因为侍女们说她们想换几件新衣服，希望和皇帝身边的人一样穿差不多光鲜的衣服。后来母亲说："你们哪里有资格和皇帝身边的人相比？"赵祯记得母亲有时候会赏赐点食物给自己的族人，但是赏赐的时候一定会用最简单的器皿盛放，母亲说自己的族人没资格使用御用的器皿。

那时候赵祯觉得母亲过于谨慎，不过都是些不足道的身外之物，何必如此小心。但现在赵祯忽然理解了母亲时时刻刻都在顾及自己感受的真正原因，母亲始终在害怕自己和他之间没有血缘，可能导致母子隔阂的形成。

母亲的灵柩送去永定陵的那一天，赵祯走在棺木前，牵引着棺木的绳索，缓缓地向着宫外走去。赵祯的身边跪了一圈大臣，大臣说，这不符合规矩，皇帝不可以做这样的事情。赵祯以前听人说过，在民间，父母过世的时候，为人子女的便是这样牵引着送葬队伍。赵祯看着身边跪着的大臣们，几乎要骂出声了，礼仪和规矩真的那么重要吗？我只是想送我母亲最后一程，有必要叽叽歪歪的吗？

赵祯觉得自己和母亲之间的特殊关系，在未来一定会被人说三道四。因为对于那些无关的人来说，帝王家的八卦无疑是最好的谈资。赵祯想，那些编造出狸猫换太子故事的人，何尝不知道自己编造的故事漏洞百出，但他们一定会让这些荒诞的故事流传，直至将真相混淆得模糊不清。赵祯觉得母亲注定要在故事里变成一个坏人，因为这个平民家出身的小女人，在她的人生中，已然得到了足够让人嫉妒的一切。虽然这种人生全是她自己一点点争取来的。

赵祯觉得母亲一定不屑那些她并不在乎的人散播的谎言，因为真相只要她最在乎的人知道就足够了。

说《赵祯说》

在民间传说中，宋仁宗赵祯和养母刘娥之间的故事，是一个偏离史实很多的故事。狸猫换太子这样一个没有逻辑的故事之所以可以流传，更多的是因为人们的猎奇之心。

在寒冷的后宫关系中，刘娥和赵祯这对养母子之间显然要温暖得多。能有这样的结果，更多的得益于刘娥的胸襟和大智慧。

赵祯的生母李宸妃去世的时候，刘娥曾经想以普通宫人的身份为她下葬。但是丞相吕夷简提醒她，这个身份特殊的人应该厚葬。刘娥几乎立即就明白了吕夷简的用意所在，也看到了在很久之后会产生什么样的影响，所以李宸妃得以高规格下葬。而刘娥身后发生的一切，也验证了当初这个决定的必要性和正确性。

几乎可以肯定地说，刘娥对赵祯的养育是有着私心的。不过直到刘娥去世，赵祯都没有察觉出自己不是刘娥的亲生骨肉。对于这样的结果，我们绝对有理由相信，不是赵祯太笨或者刘娥太会伪装，而是刘娥自始至终都将真感情投入到了养子的身上。